CB006693

A teia de Charlotte

A teia de Charlotte

E. B. White

Ilustrações de Garth Williams

Aquarelas das artes de Garth Williams
por Rosemary Wells

Tradução de Jim Anotsu

Rio de Janeiro, 2024

DIRETORA EDITORIAL: Raquel Cozer
GERENTE EDITORIAL: Alice Mello
EDITORA: Lara Berruezo
EDITORAS ASSISTENTES: Anna Clara Gonçalves e Camila Carneiro
ASSISTÊNCIA EDITORIAL: Yasmin Montebello
COPIDESQUE: Fernanda Marão
REVISÃO: Vanessa Sawada
ADAPTAÇÃO DE CAPA E DIAGRAMAÇÃO: Julio Moreira | Equatorium Design

DADOS INTERNACIONAIS DE CATALOGAÇÃO NA PUBLICAÇÃO (CIP)
(CÂMARA BRASILEIRA DO LIVRO, SP, BRASIL)

White, E. B.
    A teia de Charlotte / E. B. White ; ilustração Garth Williams ; tradução Jim Anotsu. -- 1. ed. -- Rio de Janeiro : HarperKids, 2023..

    Título original: Charlotte's Web
    ISBN 978-65-5980-045-2

    1. Literatura infantojuvenil I. Williams, Garth. II. Título.

23-145700   CDD-028.5

Os pontos de vista desta obra são de responsabilidade de seu autor, não refletindo necessariamente a posição da HarperKids, da HarperCollins Brasil, da HarperCollins Publishers ou de sua equipe editorial.

HarperKids é uma marca licenciada à Casa dos Livros Editora LTDA.
Rua da Quitanda, 86, sala 601A — Centro
Rio de Janeiro, RJ — CEP 20091-005
Tel.: (21) 3175-1030
www.harpercollins.com.br
Printed in China

Sumário

A teia de Charlotte

I. Antes do café da manhã

— **P**ara onde vai o papai com aquele machado? — perguntou Fern para a mãe enquanto aprontavam a mesa para o café da manhã.

— Lá no chiqueiro — respondeu a sra. Arable. — Nasceram uns porquinhos ontem à noite.

— Não sei por que ele precisa de um machado — continuou Fern, que só tinha oito anos.

— Bom — respondeu a mãe —, um dos porquinhos é nanico. Pequeninho e bem fraco, não vai dar em nada. Então o seu pai decidiu dar cabo dele.

— Dar *cabo* dele? — gritou Fern. — Isso significa *matar* o porquinho? Só porque é menor do que os outros?

A sra. Arable colocou uma cumbuca de creme na mesa.

— Sem gritaria, Fern! — disse ela. — Seu pai está certo. O porquinho provavelmente vai morrer de qualquer jeito.

Fern empurrou uma cadeira para tirá-la do caminho e correu porta afora. A grama estava úmida e a terra tinha cheiro de primavera. Os tênis de Fern estavam ensopados quando ela alcançou o pai.

— Por favor, não mate o porquinho! — choramingou ela. — É uma injustiça.

O sr. Arable parou de andar.

— Fern — disse ele gentilmente —, você precisa aprender a se controlar.

— Me controlar? — gritou Fern. — É uma questão de vida e morte, e você falando de me *controlar*.

Lágrimas rolaram pelas bochechas da menina; ela segurou o machado e tentou arrancá-lo da mão do pai.

— Fern — disse o sr. Arable —, eu entendo mais de criação de porcos do que você. Um franzino assim só traz amolação. Agora saia daqui!

— Mas é uma injustiça — protestou Fern. — O porco não tinha como evitar ser pequeno, tinha? Se *eu* tivesse nascido pequenininha, você teria *me* matado?

O sr. Arable sorriu.

— Com certeza não — disse ele, olhando com amor para a filha. — Mas é uma situação diferente. Uma menininha é uma coisa, um porco nanico é outra.

— Eu não vejo diferença — respondeu Fern, ainda se prendendo ao machado. — É o maior caso de injustiça que já vi.

Uma expressão engraçada tomou conta do rosto de John Arable. Ele mesmo parecia prestes a chorar.

— Está bem — disse ele. — Volte para a casa; vou pegar o nanico e levar o bichinho para dentro. Você vai ter que alimentar o porquinho com uma mamadeira, que nem um bebê. E aí você vai ver o problema que um porquinho causa.

Quando o sr. Arable voltou para casa meia hora depois, carregava debaixo do braço uma caixa. Fern estava lá em cima, trocando de tênis. A mesa da cozinha estava posta para o café da manhã, e a sala cheirava a café, bacon, gesso molhado e fumaça da lenha no fogão.

— Bote na cadeira dela! — disse a sra. Arable.

O sr. Arable colocou a caixa de papelão no assento de Fern. E então caminhou até a pia, lavou as mãos e as secou na toalha pendurada.

Fern desceu as escadas bem devagarinho. Seus olhos estavam vermelhos de tanto chorar. Ela foi se aproximando da cadeira, e a caixa de papelão balançou, sendo arranhada. Fern olhou para o pai. Então levantou a tampa da caixa. Ali dentro, olhando para ela, estava o porco recém-nascido. Era branco. A luz da manhã atravessava as orelhinhas, deixando-as rosadas.

— Ele é seu — disse o sr. Arable. — Salvo de uma morte precoce. E que o bom Senhor me perdoe por essa tolice.

Fern não conseguia tirar os olhos do porquinho.

— Ah — sussurrou ela. — Ah, *olhe só* para ele! Ele é absolutamente perfeito.

Ela fechou a caixa com cuidado. Deu um beijo no pai e, em seguida, deu outro na mãe. E então abriu a tampa de novo, ergueu o porco e o apertou contra a bochecha. Naquele momento, o irmão dela, Avery, entrou na sala. Avery tinha dez anos. Estava fortemente armado — uma espingarda de ar comprimido em uma mão, uma adaga de madeira na outra.

— O que é isso? — exigiu saber. — O que a Fern ganhou?

— Ela trouxe um convidado para o café da manhã — disse a sra. Arable. — Lave as mãos e o rosto, Avery!

— Deixe eu ver! — disse Avery, abandonando a arma. — Você chama essa porcaria aí de porco? Que *belo* exemplar de porco... não passa de um rato branco.

— Vá se lavar para tomar o café da manhã, Avery! — disse a mãe. — O ônibus da escola vai passar em meia hora.

— Posso ter um porco também, papai? — perguntou Avery.

— Não, só quem madruga ganha um porco — disse o sr. Arable. — Fern já estava de pé quando o sol nasceu, tentando acabar com as injustiças do mundo. E é por este motivo que ela agora tem um porco. Um nanico, sim, mas ainda assim, um porco. Isso serve para mostrar o que pode acontecer se uma pessoa levanta cedo. Vamos comer!

Mas Fern não conseguiu comer até o porquinho ter bebido leite. A sra. Arable encontrou uma mamadeira e um bico de borracha. Ela derramou leite morno na mamadeira, encaixou o bico na parte de cima, e a entregou a Fern.

— Sirva o café da manhã dele! — disse ela.

Um minuto depois, Fern estava em um canto da cozinha, sentada no chão, com o filhote aninhado entre os joelhos, o ensinando a sugar a mamadeira. O porco, ainda que miúdo, tinha um grande apetite e aprendeu depressa.

O ônibus escolar buzinou na estrada.

— Rápido! — ordenou a sra. Arable, tomando o porco de Fern e enfiando um biscoito na mão dela. Avery agarrou a arma dele e outro biscoito.

As crianças correram para a estrada e subiram no ônibus. Fern mal notou os coleguinhas no ônibus. Ela simplesmente se sentou e olhou para fora da janela, pensando em como o mundo era maravilhoso e em como ela era sortuda por ser dona de um porco. Quando o ônibus chegou à escola, Fern já tinha escolhido um nome para o bichinho dela, o mais bonito que conseguia pensar.

— O nome dele é Wilbur — sussurrou para si.

Ainda estava pensando no porco quando o professor perguntou:

— Fern, qual é a capital da Pensilvânia?

— Wilbur — respondeu Fern, sonhadora.

Os alunos riram. Fern corou.

II. Wilbur

Fern amava Wilbur mais do que tudo. Ela amava fazer carinho, dar comida, colocar para dormir. Toda manhã, assim que se levantava, ela esquentava leite, amarrava um babador no porquinho e segurava a mamadeira para ele. Toda tarde, quando o ônibus da escola parava na frente da casa dela, ela descia correndo e ia direto para a cozinha preparar outra mamadeira para ele. A menina o alimentava também na hora do jantar e outra vez pouco antes de ir para a cama. A sra. Arable o alimentava todos os dias por volta do meio-dia, quando Fern estava na escola. Wilbur amava o leite dele e ficava para lá de contente enquanto Fern esquentava a mamadeira. Ele ficava parado, olhando para ela com olhos de adoração.

Durante os primeiros dias de vida, Wilbur teve permissão para morar em uma caixa perto do fogão da cozinha. E então, quando a sra. Arable reclamou, ele foi levado para uma caixa maior que ficava na cabana de madeira. Com duas semanas de vida, ele se mudou para fora de casa. Estava na época das macieiras em flor, e os dias estavam ficando mais quentes. O sr. Arable arrumou um pedacinho de terra sob medida para Wilbur debaixo de uma macieira e o presenteou com uma grande caixa de madeira cheia de palha, com uma entradinha recortada na frente para que ele pudesse entrar e sair quando bem quisesse.

— Será que ele não vai sentir frio de noite? — perguntou Fern.

— Não — disse o pai. — Preste atenção e veja só o que ele faz.

Carregando uma mamadeira cheia de leite, Fern sentou--se debaixo da macieira no quintal. Wilbur correu até ela, que segurou a mamadeira para que ele sugasse. Depois de tomar a última gota, ele roncou e caminhou sonolento caixa adentro. Fern espiou pela portinha. Wilbur estava fuçando a palha com o focinho. Logo cavou um túnel dentro dela. Rastejou para dentro dele e sumiu de vista, completamente coberto de palha. Fern ficou encantada. E aliviada por saber que o bebê dela dormiria agasalhado e que ficaria aquecido.

Todo dia depois do café da manhã, Wilbur caminhava até a estrada com Fern e esperava que o ônibus dela chegasse. Ela acenava em despedida para o porquinho, e ele se levantava e ficava olhando até o ônibus sumir na curva. Enquanto Fern estava na escola, Wilbur ficava preso no quintalzinho dele. Mas de tarde, assim que a menina chegava em casa, ela o tirava de lá e ele a seguia para todos os cantos. Se ela subia até o quarto, Wilbur esperava no pé da escada até sua dona descer de novo. Se ela decidia levar a boneca para um passeio no carrinho de bebê de brinquedo, Wilbur ia junto. De vez em quando, nesses passeios, Wilbur se cansava, e Fern o pegava e o colocava no carrinho com a boneca. Ele gostava disso. E se ele estivesse *muito* cansado, fechava os olhos e dormia sob o cobertor da boneca. Ele ficava tão bonitinho de olhos fechados, porque os cílios dele eram bem longos. A boneca também fechava os olhos, e Fern girava o carrinho devagarinho e com bastante cuidado para não acordar as duas crianças.

Em uma tarde quente, Fern e Avery vestiram roupas de banho e foram até o riacho para um mergulho. Wilbur foi junto, se enroscando nos calcanhares de Fern. Quando ela entrou no riacho, o porquinho entrou com ela. Wilbur achou a água bem gelada — fria demais para ele. Então, enquanto as crianças nadavam, brincavam e espirravam água uma na outra, ele se entretinha na lama que margeava o riacho, quente, úmida e deliciosamente pegajosa e gosmenta.

Todo dia era um dia feliz, e toda noite era de paz.

Wilbur era aquilo que os fazendeiros chamavam de porco primaveril, o que só quer dizer que ele nasceu na primavera. Quando ele tinha cinco semanas de idade, o sr. Arable disse

que ele já estava grande o bastante para ser vendido e que era isso que ia acontecer. Fern caiu em prantos. Mas o pai permaneceu firme na decisão. O apetite de Wilbur tinha aumentado, e ele estava começando a comer restos de comida além do leite. O sr. Arable não estava mais disposto a alimentá-lo. Ele já tinha vendido os dez irmãos e irmãs de Wilbur.

— Ele tem que ir, Fern — disse ele. — Você já se divertiu criando um porquinho, mas Wilbur não é mais um bebê e precisa ser vendido.

— Ligue na casa dos Zuckerman — sugeriu a sra. Arable a Fern. — O seu tio Homer de vez em quando cria porcos. Se Wilbur viver lá, você pode caminhar um pouco pela estrada e fazer uma visita sempre que quiser.

— Quanto eu deveria cobrar por ele? — Fern quis saber.

— Bom — disse o pai —, ele é um nanico. Diga ao seu tio Homer que você tem um porco que venderia por seis dólares e veja o que ele acha.

E logo ficou combinado. Fern telefonou e foi atendida pela tia Edith, e a tia Edith gritou o nome do tio Homer, e o tio Homer veio do celeiro e falou com Fern. Ao ouvir que o preço era de seis dólares, ele respondeu que compraria o porco. No dia seguinte Wilbur foi retirado da casa embaixo da macieira e foi morar em uma pilha de estrume no porão do celeiro dos Zuckerman.

III. Fuga

O celeiro era muito grande. E era bem velho. Tinha cheiro de palha e de estrume. Tinha o cheiro do suor de cavalos cansados e o bafo doce e maravilhoso de vacas amansadas. Ele geralmente tinha um cheiro de quietude — como se nada de ruim pudesse acontecer no mundo outra vez. Tinha cheiro de grãos, de arreios, de graxa, de botas de borracha e de corda nova. E sempre que o gato recebia uma cabeça de peixe para comer, o celeiro ficava com cheiro de peixe. Mas, principalmente, tinha cheiro de palha, porque havia palha no espaço de cima. E estavam sempre descendo palha nova para as vacas, os cavalos e as ovelhas.

O celeiro era agradavelmente quentinho no inverno, quando os animais passavam a maior parte do tempo entocados, e era bem fresquinho no verão, quando as portas grandes ficavam abertas para a brisa entrar. O celeiro tinha cocheiras para os cavalos de trabalho, amarrações no piso principal para as vacas, um redil lá embaixo para as ovelhas, um chiqueiro também embaixo para Wilbur e estava cheio de todas as coisas que você encontra em um celeiro: escadas, mós, forquilhas, chaves inglesas, foices, cortadores de grama, cabos de machado, baldes para o leite, baldes para a água, sacos de grãos vazios e velhas armadilhas enferrujadas. Era o tipo de celeiro no qual andorinhas fazem ninhos. Era o tipo de celeiro no qual crianças gostam de brincar. E tudo pertencia ao tio de Fern, o sr. Homer L. Zuckerman.

A nova casa de Wilbur ficava na parte mais baixa do celeiro, diretamente abaixo das vacas. O sr. Zuckerman sabia que uma pilha de estrume é um bom lugar para manter um porco jovem. Porcos precisam de calor, e era quente e confortável lá embaixo, no lado sul do celeiro.

Fern fazia visitas todos os dias. Ela encontrou um velho banquinho de ordenha que tinha sido jogado fora e o colocou no redil perto da baia de Wilbur. Ela ficava ali sentada, quietinha, durante as longas tardes, pensando e ouvindo e assistindo Wilbur. A ovelha logo começou a reconhecer a menina e passou a confiar nela. O mesmo aconteceu com os

gansos, que moravam com a ovelha. Todos os animais confiavam nela; ela era tão quietinha e amigável. O sr. Zuckerman não permitiu que ela levasse Wilbur para passear, e ele não a deixava entrar no chiqueiro. Mas disse a Fern que ela poderia se sentar no banquinho e observar Wilbur por quanto tempo quisesse. Ela já ficava feliz só de estar perto do porco, e Wilbur também ficava feliz de saber que ela estava sentada ali, do lado de fora do seu chiqueiro. Mas ele nunca se divertia — nada de caminhadas, nada de passeios, nada de banhos.

Em uma tarde de junho, quando Wilbur já tinha quase dois meses de idade, ele vagou para o pequeno quintal dele do lado de fora do chiqueiro. Fern ainda não tinha chegado para a visita costumeira. Wilbur ficou ao sol, sentindo-se solitário e entediado.

Nunca tem nada para se fazer por aqui, pensou ele. Caminhou lentamente até o comedouro e cheirou para ver se algo tinha sido esquecido no almoço. Encontrou uma tirinha de casca de batata e a comeu. Suas costas coçavam, então se encostou na cerca e se esfregou nas tábuas. Quando se cansou disso, entrou em casa, subiu no topo da pilha de estrume e sentou-se. Não tinha vontade de dormir, não tinha vontade de cavar, estava cansado de ficar parado, cansado de ficar deitado.

— Tenho menos de dois meses e estou cansado de viver — disse ele.

E saiu para o quintal novamente.

— Quando estou aqui fora — disse —, não há para onde ir que não seja o lado de dentro. Quando estou do lado de dentro, não há para onde ir que não seja o quintal.

— É aí que você está errado, meu amigo, meu amigo — disse uma voz.

Wilbur olhou através da cerca e viu a gansa parada ali.

— Você não precisa ficar no seu quintal sujinho, sujinho, sujinho — disse a gansa, que falava bem depressa. — Uma das ripas está frouxa. Empurre, empurre-empurre-empurre, e saia daí!

— O que? — disse Wilbur. — Fale mais devagar!

— Co-co-co correndo o risco de me repetir — disse a gansa —, sugiro que saia. O lado de fora é maravilhoso.

— Você falou que uma ripa está frouxa?

— Isso eu falei, isso eu falei — disse a gansa.

Wilbur caminhou até a cerca e viu que a gansa estava certa — uma tábua estava solta. Abaixou a cabeça, fechou os olhos e empurrou. A placa cedeu. Em menos de um minuto, ele já tinha passado pela cerca e estava parado na grama alta do lado de fora do quintal. A gansa riu.

— Como você se sente estando livre? — perguntou ela.

— Eu gosto — respondeu Wilbur. — Quero dizer, eu *acho* que gosto.

Na verdade, Wilbur se sentia alegre por estar do lado de fora da cerca, sem nada entre ele e o mundão.

— Para onde você acha que devo ir?

— Para onde você quiser, onde você quiser — disse a gansa. — Corra pelo pomar, arranque a relva! Corra pelo jardim, desenterre os rabanetes! Arranque todas as raízes! Coma grama! Procure milho! Procure por aveia! Corra por tudo! Salte, dance, pule rampante! Corra pelo pomar e passeie pelo matagal! O mundo é um lugar maravilhoso quando se é jovem.

— Estou vendo — respondeu Wilbur.

Deu um pulo no ar, rodopiou, deu alguns passos, parou, olhou em volta, cheirou os aromas do entardecer e se enveredou pelo pomar. Parando à sombra de uma macieira, enfiou o focinho com força no chão e começou a empurrar, cavar e fuçar. Sentiu-se muito feliz. Arou um bom pedaço de terra antes que alguém o notasse. A sra. Zuckerman foi a primeira a vê-lo. Ela o viu da janela da cozinha e imediatamente chamou pelos homens:

— Ho-*mer*! — gritou — O porco fugiu! Lurvy! O porco fugiu! Homer! Lurvy! O porco fugiu. Está ali, debaixo daquela macieira.

Agora começa a amolação, pensou Wilbur. *Agora eu vou ver só.*

A gansa ouviu a gritaria e ela, também, começou a berrar:

— Corra-corra-corra colina abaixo, corra para a floresta, a floresta! — ela gritou para Wilbur. — Na floresta eles nunca--nunca-nunca irão te encontrar!

O cocker spaniel ouviu a comoção e saiu correndo do celeiro para se juntar à perseguição. O sr. Zuckerman ouviu e saiu do galpão onde consertava uma ferramenta. Lurvy, o empregado, ouviu o barulho e saiu do canteiro de aspargos onde arrancava ervas daninhas. Todos caminharam em direção a Wilbur, e ele não sabia o que fazer. A floresta parecia muito longe e, de qualquer forma, ele nunca tinha estado na floresta e não tinha certeza se gostaria de lá.

— Fique atrás dele, Lurvy — disse o sr. Zuckerman —, e vá tocando o porco na direção do celeiro! E faça isso devagar... sem assustar o bichinho! Eu vou ali pegar um balde com comida.

A notícia da fuga de Wilbur se espalhou rapidamente entre os animais do local. Sempre que alguma criatura se

soltava na fazenda de Zuckerman, o evento era de grande interesse para os demais. A gansa gritou para a vaca mais próxima que Wilbur estava livre, e logo todas as vacas ficaram sabendo. Então uma das vacas contou a uma das ovelhas, e logo todas as ovelhas ficaram sabendo. Os cordeiros ouviram as mães falando da fuga. Nas baias do celeiro, os cavalos aguçaram as orelhas quando ouviram o grasnado da gansa; e logo eles também perceberam o que estava acontecendo.

— Wilbur está do lado de fora — disseram eles.

Cada animal se mexeu e levantou a cabeça e ficou animado ao saber que um dos amigos havia se libertado e não estava mais preso ou amarrado.

Wilbur não sabia o que fazer ou para onde correr. Todo mundo parecia estar atrás dele.

Se isso é ser livre, pensou, *acho melhor ficar confinado no meu quintal.*

O cocker spaniel se aproximava dele por um lado; Lurvy, o empregado, se aproximava do outro. A sra. Zuckerman estava a postos para impedi-lo se corresse para o jardim, e agora o sr. Zuckerman vinha na direção dele carregando um balde.

Isso é terrível demais, pensou Wilbur. *Por que Fern não chega?*

Ele começou a chorar.

A gansa entrou em ação e começou a dar ordens.

— Não fique parado aí, Wilbur! Escape, escape! — gritou a gansa. — Pule, corra na minha direção, entre e saia, entre e saia, entre e saia! Corra para a floresta! Balance e gire!

O cocker spaniel avançou contra a pata traseira de Wilbur. Wilbur saltou e correu. Lurvy esticou a mão e agarrou. A sra. Zuckerman gritou com Lurvy. A gansa gritou vivas para Wilbur. Wilbur escapuliu por entre as pernas de Lurvy. Lurvy perdeu Wilbur e, no lugar dele, agarrou o cachorro.

— Muito bem, muito bem! — gritou a gansa. — De novo, de novo!

— Corra colina abaixo! — sugeriram as vacas.

— Corra na minha direção! — berrou o ganso.

— Corra colina acima! — baliram as ovelhas.

— Vire e rodopie! — grasnou a gansa.

— Pule e dance! — falou o galo.

— Cuidado com o Lurvy! — disseram as vacas.

— Cuidado com o Zuckerman! — gritou o ganso.

— Cuidado com o cachorro! — baliram as ovelhas.

— Escute-me, escute-me! — gritou a gansa.

O coitado do Wilbur estava deslumbrado e assustado com toda essa comoção. Não estava gostando de ser o centro dessa bagunça toda. Até tentou seguir as instruções que os amigos davam, mas não conseguia correr colina acima e colina abaixo ao mesmo tempo, e não conseguia virar e girar enquanto pulava e dançava, e ele chorava tanto que mal podia ver o que estava acontecendo. Afinal, Wilbur era um porco muito jovem — não muito mais que um bebê, na verdade. Ele queria que Fern estivesse ali para pegá-lo nos braços e confortá-lo. Quando ergueu os olhos e viu o sr. Zuckerman parado perto dele, segurando um balde cheio de comida quentinha, sentiu-se aliviado. Levantou o nariz para o alto e fungou. O cheiro era delicioso — leite quente, casca de batata, farelo de trigo, sucrilhos e um biscoito que tinha sobrado do café da manhã.

— Venha cá, porco! — disse o sr. Zuckerman, batendo no balde. — Venha cá, porco.

Wilbur deu um passo na direção do balde.

— Não-não-não! — disse a gansa. — É o velho truque do balde, Wilbur. Não caia nesse truque, não caia nesse truque! Ele está tentando te atrair para o cati-cativeiro. Está apelando para o seu estômago.

Wilbur não se importava. A comida tinha um cheiro delicioso. Deu outro passo na direção do balde.

— Porco, porco! — disse o sr. Zuckerman com uma voz gentil, e foi andando devagar na direção do celeiro, parecendo inocente de tudo, como se nem soubesse que aquele porquinho branco o seguia.

— Você vai se lamentar-lamentar-lamentar — gritou a gansa.

Wilbur não se importava. Continuou andando na direção do balde de comida.

— Vai sentir falta da liberdade — grasnou a gansa. — Uma hora de liberdade vale mais que um barril de comida.

Wilbur não se importava.

Quando o sr. Zuckerman chegou no chiqueiro, ele saltou a cerca e derramou a comida na calha. Então puxou a placa frouxa da cerca, para que houvesse um grande buraco pelo qual Wilbur pudesse entrar.

— Repense, repense! — gritou a gansa.

Wilbur não prestou atenção. Atravessou a cerca e entrou no quintal. Foi até a calha e deu uma grande bocada na comida, sugando o leite com ferocidade e mastigando o bolinho. Era tão bom estar em casa de novo.

Enquanto Wilbur comia, Lurvy pegou um martelo e uns pregos grandes e prendeu a tábua no lugar. Então, ele e o sr. Zuckerman se apoiaram preguiçosamente na cerca, e o sr. Zuckerman coçou as costas de Wilbur com um galho.

— Um porco e tanto — disse Lurvy.

— É, vai ser um porco dos bons — disse o sr. Zuckerman.

Wilbur escutou as palavras elogiosas. Sentiu o leite quente no estômago. Sentiu o esfregar agradável do galho nas costas que coçavam. Sentiu-se em paz e sonolento. Ainda nem passava das quatro horas da tarde, e Wilbur já estava pronto para ir dormir.

Eu realmente sou novo demais para sair sozinho pelo mundo, pensou ao se deitar.

IV. Solidão

O dia seguinte amanheceu escuro e chuvoso. A chuva caía no telhado do celeiro e pingava sem parar dos beirais. A chuva caía no curral e percorria trilhas sinuosas até o lugar onde cresciam cardos e carurus. A chuva batia nas janelas da cozinha da sra. Zuckerman e jorrava pelas calhas. A chuva caía nas costas das ovelhas que pastavam na campina. Quando as ovelhas se cansaram de ficar na chuva, elas caminharam lentamente pela alameda e entraram no redil.

A chuva estragou os planos de Wilbur. Wilbur tinha planejado sair e cavar um buraco novo no quintal. Também tinha outros planos. Os planos dele para aquele dia eram mais ou menos assim:

Café da manhã às 6h30. Leite desnatado, crostas, grãos, pedaços de rosquinhas, bolos de trigo com gotas de xarope de bordo grudadas, cascas de batata, restos de pudim de creme com passas e pedaços de trigo desfiado.

O café da manhã terminaria por volta das sete.

Entre sete e oito, Wilbur iria bater um papo com Templeton, o rato que morava debaixo da calha dele. Conversar com Templeton não era o afazer mais interessante do mundo, mas era melhor do que nada.

Entre oito e nove, Wilbur planejava cochilar ao sol.

Entre nove e onze, planejava cavar um buraco ou trincheira, e talvez encontrar alguma coisa boa de comer na terra.

Entre onze e meio-dia, ele planejava ficar parado observando as moscas nas tábuas, as abelhas nos trevos e as andorinhas no ar.

Meio-dia: hora do almoço. Grãos, água morna, aparas de maçã, molho de carne, raspas de cenoura, restos de carne, canjica velha e a embalagem de um pacote de queijo. O almoço terminaria à uma da tarde.

Entre uma e duas da tarde, Wilbur planejava dormir.

Entre duas e três da tarde, planejava coçar os pontos coçantes se esfregando na cerca.

Entre três e quatro da tarde, ele planejava ficar perfeitamente parado e pensar no que era estar vivo, e esperar por Fern.

Às quatro da tarde viria o jantar. Leite desnatado, forragem, sobras do sanduíche da marmita de Lurvy, cascas de ameixa, um pedaço disso, um pouco daquilo, batatas fritas, gotas de marmelada, um pouco mais disso, um pouco mais daquilo, um pedaço de maçã assada, um pedaço de bolo invertido.

Wilbur tinha ido dormir pensando nesses planos. Ele acordou às seis e viu a chuva, e foi como se aquilo fosse difícil de suportar.

— Eu planejo tudo bonitinho, e aí chove — disse ele.

Por um tempo, ficou todo borocoxô do lado de dentro.

Então caminhou até a porta e olhou para fora. Gotas de chuva bateram no rosto dele. O quintal estava frio e molhado. A calha estava cheia de uns trinta centímetros de água. Templeton não estava em lugar algum.

— Você está aí, Templeton? — chamou Wilbur.

Não houve resposta. De repente, Wilbur sentiu-se solitário e sem amigos.

— Um dia como qualquer outro — resmungou. — Eu sou muito jovem, não tenho nenhum amigo de verdade aqui no celeiro, vai chover a manhã e a tarde toda, e Fern não virá visitar com um clima ruim assim. Ah, *honestamente*!

E Wilbur estava chorando de novo, pela segunda vez em dois dias.

Às 6h30, Wilbur ouviu o tinido de um balde. Lurvy estava do lado de fora, na chuva, misturando o café da manhã.

— Ande, porco! — disse Lurvy

Wilbur não se mexeu. Lurvy despejou a comida, raspou o balde e foi embora. Mas notou que tinha alguma coisa errada com o porco.

Wilbur não queria comida, ele queria amor. Ele queria um amigo — alguém que brincasse com ele. Mencionou isso à gansa, que estava sentada quieta em um canto do curral.

— Você quer vir brincar comigo? — perguntou.

— Desculpa, pequenino, desculpa — disse a gansa. — Estou chocando meus ovos. Oito deles. Preciso manter todos quentes-quentes-quentinhos. Preciso ficar bem aqui, não sou de leves-levianas-leviandades. Não fico de brincadeira quando estou chocando ovos. Estou esperando gansinhos.

— Bom, eu não achei que você estivesse esperando pica-paus — disse Wilbur, amargurado.

Depois Wilbur chamou uma das ovelhas.

— Você quer vir brincar comigo? — perguntou.

— Não mesmo — disse a ovelha. — Em primeiro lugar, eu não posso entrar no seu chiqueiro, já que não tenho idade para pular a cerca. Em segundo lugar, não tenho interesse por porcos. Porcos são menos do que nada para mim.

— O que você quer dizer com *menos* do que nada? — retrucou Wilbur. — Eu não acho que exista isso de *menos* do que nada. Nada é, definitivamente, o limite do nada. É o mais baixo que dá para ir. É o fim da linha. Como pode algo ser menos do que nada? Se alguma coisa fosse menos que nada, então nada não seria nada, seria algo… ainda que fosse só um pouquinho de alguma coisa. Mas se nada é *nada*, então nada está abaixo *disso*.

— Ah, fique quieto! — disse a ovelha. — Vá brincar sozinho! Eu não brinco com porcos.

Triste, Wilbur deitou-se e ouviu a chuva. Logo ele viu o rato descendo uma tábua inclinada que usava como escada.

— Você quer brincar comigo, Templeton? — perguntou Wilbur.

— Brincar? — disse Templeton, retorcendo os bigodes. — Brincar? Eu mal conheço o significado da palavra.

— Ora — disse Wilbur —, significa se divertir, fazer travessuras, correr e pular e ficar feliz.

— Eu nunca faço coisas assim, se eu puder evitar — respondeu o rato, amargamente. — Prefiro passar o tempo comendo, mastigando, espiando e me escondendo. Sou um glutão, não um folião. Agora estou indo para o seu cocho tomar seu café da manhã, já que você não tem bom senso o bastante para comer tudo sozinho.

E Templeton, o rato, rastejou furtivamente ao longo da parede e desapareceu em um túnel privado que ele havia cavado entre a porta e a calha no quintal de Wilbur. Templeton era um rato astuto e fazia as coisas do jeito dele. O túnel era um exemplo da habilidade e astúcia dele. O túnel permitia que fosse do celeiro ao esconderijo sob o cocho do porco sem sair ao ar livre. Ele tinha túneis e trilhas por toda a fazenda do sr. Zuckerman e podia ir de um lugar ao outro sem ser visto. Normalmente dormia durante o dia e só saía depois do escurecer.

Wilbur o observou desaparecer no túnel. Em um instante, viu o focinho pontudo do rato saindo de debaixo do cocho de madeira. Com cautela, Templeton se ergueu sobre a borda do cocho. Isso era quase mais do que Wilbur conseguia aguentar: naquele dia triste e chuvoso, ver o café da manhã dele sendo comido por outro. Ele sabia que Templeton estava se encharcando sob a chuva torrencial, mas nem isso o confortava. Sem amigos, abatido e faminto, ele se jogou no estrume e soluçou.

Mais tarde, Lurvy foi falar com o sr. Zuckerman.

— Acho que tem alguma coisa errada com aquele seu porco. Nem encostou na comida.

— Dê a ele duas colheres de enxofre e um pouco de melaço — disse o sr. Zuckerman.

Wilbur não podia acreditar no que estava acontecendo com ele quando Lurvy o pegou e forçou o remédio goela abaixo. Este certamente foi o pior dia da vida dele. Ele não sabia se conseguiria suportar mais a terrível solidão.

A escuridão pairou sobre tudo. Logo havia apenas sombras e os ruídos das ovelhas ruminando. Ocasionalmente, ouvia o barulho de uma corrente de vaca. É possível imaginar a surpresa de Wilbur quando, da escuridão, veio uma vozinha que ele nunca tinha ouvido. Parecia fina, mas agradável.

— Você quer uma amiga, Wilbur? — perguntou. — Serei sua amiga. Observei você o dia todo e gosto de você.

— Mas eu não consigo te ver — disse Wilbur, saltando de pé. — Onde está você? E *quem* é você?

— Estou bem aqui — disse a voz. — Agora durma. Você vai me ver de manhã.

V. *Charlotte*

A noite foi longa. O estômago de Wilbur estava vazio e a mente dele estava cheia. E quando se está de estômago vazio e com a cabeça cheia, é sempre difícil dormir.

Várias vezes durante a noite, Wilbur acordou e encarou a escuridão, ouvindo os sons e tentando descobrir que horas eram. Um celeiro nunca fica completamente quieto. Mesmo à meia-noite, sempre tem algo se mexendo.

A primeira vez que acordou, ouviu Templeton abrindo um buraco na caixa de grãos. Os dentes do rato rasparam ruidosamente contra a madeira e fizeram um barulho e tanto.

Aquele rato maluco!, pensou Wilbur. *Por que ele tem que ficar acordado a noite toda, batendo seus dentes e destruindo as coisas dos outros? Por que ele não dorme feito qualquer animal decente?*

Na segunda vez em que Wilbur acordou, ouviu a gansa se revirando no ninho e rindo sozinha.

— Que horas são? — sussurrou Wilbur para a gansa.

— Prova-prova-provavelmente por volta de 23h30 — disse a gansa. — Por que você não está dormindo, Wilbur?

— Tem muita coisa na minha cabeça — disse Wilbur.

— Bom — disse a gansa —, esse é um problema que *eu* não tenho. Eu não tenho nadica de nada na minha cabeça, mas tenho muita coisa debaixo do meu traseiro. Você já tentou dormir sentado em cima de oito ovos?

— Não — respondeu Wilbur. — Imagino que seja *bem* desconfortável. Quanto tempo demora para um ovo de ganso chocar?

— Aproximadamente-mente trinta dias, contando tudo — respondeu a gansa. — Mas eu trapaceio um pouquinho. Nas tardes quentes eu coloco um pouco de palha em cima dos ovos e saio para dar uma volta.

Wilbur bocejou e voltou a dormir. Nos sonhos ele ouviu a voz de novo, falando: "Serei sua amiga… Agora durma… você vai me ver de manhã".

Cerca de meia hora antes do amanhecer, Wilbur acordou e ficou ouvindo. O celeiro ainda estava escuro. A ovelha estava imóvel. Até a gansa estava quieta. Acima, no andar principal, nada se movia: as vacas descansavam, os cavalos cochilavam. Templeton tinha largado o trabalho e saído em missão para algum lugar. O único som era um leve ranger vindo do telhado, onde o cata-vento balançava para frente e para trás. Wilbur adorava o celeiro quando estava assim — calmo e quieto, esperando a luz.

O dia já está quase chegando, pensou.

Através de uma janelinha, um brilho fraco apareceu. Uma a uma, as estrelas se apagaram. Wilbur podia ver a gansa a alguns metros de distância. Ela estava sentada com a cabeça enfiada sob uma asa. Então ele viu as ovelhas e os cordeiros. O céu clareou.

— Oh, belo dia, até que enfim! Hoje vou conhecer minha amiga.

Wilbur olhou para todos os lados. Vasculhou o chiqueiro minuciosamente. Examinou o parapeito da janela, olhou para o teto. Mas não viu nada de novo. Por fim, concluiu que teria que falar. Odiava perturbar a adorável quietude do amanhecer usando a voz, mas não conseguia pensar em qualquer outra maneira de localizar a misteriosa nova amiga que não estava em lugar algum. Então Wilbur limpou a garganta.

— Atenção, por favor! — disse ele numa voz alta, firme. — Quem falou comigo ontem à noite na hora de dormir poderia gentilmente aparecer, fazendo um cumprimento ou um sinal apropriado?

Wilbur fez uma pausa e ficou escutando. Todos os outros animais levantaram a cabeça e olharam para ele. Wilbur corou. Mas estava determinado a entrar em contato com aquela amizade desconhecida.

— Atenção, por favor! — disse ele. — Vou repetir a mensagem. Quem falou comigo ontem a noite na hora de dormir poderia, por gentileza, dizer alguma coisa? Por favor, diga-me onde você está, se você é minha amiga!

As ovelhas olharam umas para as outras em desgosto.

— Pare com essa bobajada, Wilbur! — disse a ovelha mais velha. — Se você tem um novo amigo por aqui, provavelmente está atrapalhando o descanso dele; e a maneira mais rápida de estragar uma amizade é acordar alguém logo cedo antes que ele esteja pronto. Como você pode ter certeza de que seu amigo é madrugador?

— Peço perdão a todos — sussurrou Wilbur. — Não era a minha intenção ser desagradável.

Deitou-se humildemente no esterco, de frente para a porta. Ele não sabia, mas a amiga estava bem perto. E a velha ovelha estava certa, tal amiga ainda dormia.

Logo Lurvy apareceu com farelos para o café da manhã. Wilbur saiu correndo, comeu tudo às pressas e lambeu o cocho. As ovelhas se afastaram pela trilha, a gansa gingando atrás delas, puxando grama. E então, quando Wilbur se preparava para a soneca matinal, ele ouviu novamente a voz fina que tinha falado com ele na noite anterior.

— Saudações! — disse a voz.

Wilbur ficou de pé num pulo.

— Sauda-*o-quê*? — gritou.

— Saudações! — repetiu a voz.

— O que é *isso*, e onde está *você*? — berrou Wilbur. — Por favor, *por favor*, me diga onde você está. E o que são saudações?

— Saudações são cumprimentos — disse a voz. — Quando falo "saudações", é só o meu jeito elegante de dizer *olá* ou *bom-dia*. Na verdade, é uma expressão boba e fico surpresa de ter usado. Com relação ao meu paradeiro, isso é fácil. Olhe aqui para cima, no canto do batente. Aqui estou. Veja, estou acenando!

Por fim, Wilbur viu a criatura que havia falado com ele de maneira tão gentil. Esticada na parte superior da porta, havia uma enorme teia de aranha e, pendurada no topo da teia, de cabeça para baixo, havia uma grande aranha cinzenta, do tamanho de uma goma de mascar. Ela tinha oito pernas e acenava uma delas para Wilbur numa saudação amigável.

— Está me vendo agora? — perguntou.

— Ah, sim, com certeza — disse Wilbur. — Sim, muito bem! Como você está? Bom dia! Saudações! Muito prazer em conhecê-la. Qual é o seu nome, por favor? Posso saber o seu nome?

— Meu nome — disse a aranha — é Charlotte.

— Charlotte do quê? — perguntou Wilbur, ansioso.

— Charlotte A. Cavatica. Mas pode me chamar só de Charlotte.

— Eu te achei linda — disse Wilbur.

— Bem, eu *sou* bonita — respondeu Charlotte. — Não há como negar. Quase todas as aranhas são bonitas de se olhar. Não sou tão extravagante quanto outras, mas ainda assim. Queria poder te ver, Wilbur, tão claramente quanto você me vê.

— Por que você não consegue me ver? — indagou o porco. — Estou bem aqui.

— Sim, mas eu só enxergo de perto. É bom para algumas coisas, mas nem tanto para outras. Veja só como eu enrolo essa mosca.

Uma mosca que rastejava ao longo do cocho de Wilbur voou e caiu na parte inferior da teia de Charlotte, se enroscando nos fios pegajosos. A mosca bateu as asas com força, tentando se soltar e se libertar.

— Primeiro — disse Charlotte. — Eu mergulho até ela.

Ela saltou de cabeça na direção da mosca. Enquanto pulava, um fiozinho de seda se soltava de seu traseiro.

— Em seguida, eu a enrolo. — Ela agarrou a mosca, jogou alguns jatos de seda em volta dela e a girou várias vezes, enrolando-a para que não pudesse se mover. Wilbur assistia

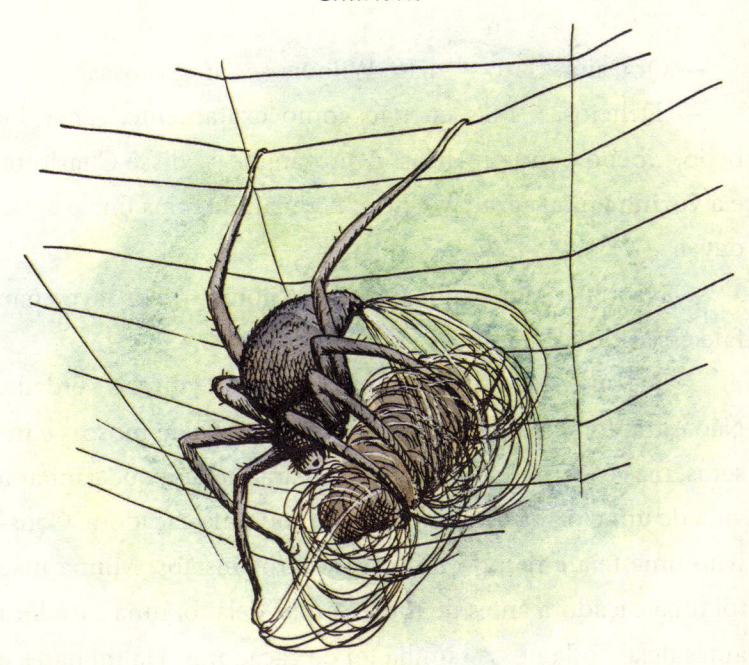

horrorizado. Ele mal podia acreditar no que estava vendo e, embora detestasse moscas, sentia pena daquela.

— Pronto! — disse Charlotte. — Agora eu posso apagá-la para que fique mais confortável. — Ela mordeu a mosca. — Ela não sente mais nada agora — comentou. — Será um café da manhã perfeito para mim.

— Quer dizer que você *come* moscas? — falou Wilbur, boquiaberto.

— Com certeza. Moscas, insetos, gafanhotos, besouros seletos, mariposas, borboletas, baratas saborosas, mosquitos, pernilongos, centopeias, varejeiras, grilos… qualquer coisa que seja descuidada o suficiente para cair na minha teia. Eu tenho que viver, não é?

— Ora, sim, claro — disse Wilbur. — São gostosas?

— Deliciosas. Mas eu não como exatamente, sabe? Eu bebo... bebo o sangue delas. Amo sangue — disse Charlotte, e a vozinha fina, agradável dela, ficou ainda mais fina e agradável.

— Não fale isso! — murmurou Wilbur. — Por favor não fale esse tipo de coisa!

— Por que não? É verdade, e eu tenho que dizer a verdade. Não estou totalmente feliz com a minha dieta de moscas e insetos, mas é assim que fui feita. Uma aranha tem que ganhar a vida de uma forma ou de outra, e eu sou uma caçadora. Construo uma teia e prendo moscas e outros insetos. Minha mãe foi uma caçadora antes de mim. A mãe dela foi uma caçadora antes dela. Toda nossa família foi de caçadoras. Há milhares e milhares de anos, nós, aranhas, caçamos moscas e insetos.

— É uma herança triste — disse Wilbur, sombriamente.

Ele estava triste porque a nova amiga era tão sanguinária.

— Sim, é mesmo — concordou Charlotte. — Mas não posso evitar. Não sei como a primeira aranha, nos primórdios do mundo, teve a ideia extravagante de tecer uma teia, mas ela fez isso, e foi bem inteligente da parte dela. Desde então, todas nós, aranhas, tivemos que fazer o mesmo. Não é uma ideia ruim, no geral.

— É cruel — respondeu Wilbur, que não pretendia ser convencido a mudar o que acreditava.

— Bom, *você* não pode falar nada — disse Charlotte. — *Suas* refeições são colocadas num cocho para *você*. Eu não tenho quem me alimente. Preciso arranjar a minha própria subsistência. Vivo da minha astúcia. Para não passar fome, tenho que ser perspicaz e inteligente, tenho que pensar nas coisas, pegar o que puder, pegar o que vier. E acontece, meu amigo, que o que vem são moscas, insetos e bichinhos. *Além* disso — disse Charlotte, balançando uma das pernas —, você percebe que se eu não pegasse insetos e os comesse, os insetos aumentariam e se multiplicariam e se tornariam tão numerosos que destruiriam a Terra, acabariam com tudo?

— Mesmo? — disse Wilbur. — Não gostaria que *isso* acontecesse. Talvez sua teia seja uma coisa boa, no fim das contas.

A gansa estava ouvindo essa conversa e rindo consigo mesma. *Como tem coisas que Wilbur não sabe sobre a vida,* pensou ela. *Ele realmente é um porquinho muito inocente. Nem sabe o que vai acontecer com ele na época do Natal; nem faz ideia de que o sr. Zuckerman e Lurvy planejam matá-lo.* Então a gansa ergueu-se um pouco e enfiou os ovos um tantinho mais embaixo dela para que recebessem todo o calor do corpo quente e das penas macias.

Charlotte ficou em silêncio sobre a mosca, preparando-se para comê-la. Wilbur deitou-se e fechou os olhos. Estava cansado da noite acordado e da emoção de conhecer alguém pela primeira vez. Uma brisa levou até ele o cheiro de trevo — o mundo adocicado além da cerca.

Bom, pensou, *eu tenho uma nova amiga, tudo bem. Mas que aposta esse negócio de amizade é! Charlotte é feroz, brutal, intrigante, sedenta de sangue, tudo o que eu não gosto. Como posso aprender a gostar dela, mesmo sendo bonita e, claro, esperta?*

Wilbur apenas sofria com as dúvidas e medos que muitas vezes acompanham a descoberta de um novo amigo. Com o tempo ele descobriria que estava enganado com relação à Charlotte. Por baixo do exterior bastante ousado e cruel, ela tinha um coração bondoso e se mostraria leal e verdadeira até o fim.

VI. *Dias de verão*

Os primeiros dias de verão em uma fazenda são os dias mais felizes e amenos do ano. Os lilases florescem, adoçando o ar, e depois murcham. Flores de macieira vêm com os lilases, e as abelhas visitam as macieiras. Os dias ficam quentes e macios. O período escolar se encerra, e as crianças têm tempo para brincar e pescar trutas no riacho. Avery geralmente levava para casa uma truta endurecida no bolso, pronta para ser frita no jantar.

Agora que não tinha aulas, Fern visitava o celeiro quase todos os dias, onde se sentava quieta no banquinho. Os animais a tratavam como igual. A ovelha deitava-se calmamente aos pés dela.

Por volta de 1º de julho, os cavalos de trabalho foram atrelados à máquina de cortar grama, e o sr. Zuckerman subiu no banco e dirigiu para o campo. Durante toda a manhã, dava para ouvir o barulho da máquina girando e girando, enquanto a grama alta caía atrás da barra de corte em longas faixas verdes. No dia seguinte, se não houvesse trovoada, todos os auxiliares ajudavam a juntar, armar e carregar o feno, que era levado para o celeiro na carroça alta, com Fern e Avery no topo da carga. Então o feno era içado, doce e quente, para o grande sótão, até que todo o celeiro parecesse uma maravilhosa cama de feno e trevos. Era bom de pular e perfeito para se esconder. Às vezes, Avery encontrava uma pequena cobra no meio do feno e a juntava às outras coisas no bolso.

Os primeiros dias de verão são uma época de jubileu para os pássaros. Nos campos, ao redor da casa, no celeiro, na floresta, no pântano — em todo lugar, amor e canções e ninhos e ovos. Da orla da floresta, o bem-te-vi grita:

— Bem-te-viiiii, bem-te-viiii!

Em um galho da macieira, o pardal se sacode, abana o rabo e diz:

— Viu, viu, viu!

O tico-tico, que sabe quão breve e adorável é a vida, diz:

— Doce, doce, doce interlúdio; doce, doce, doce interlúdio.

Se você entrar no celeiro, as andorinhas descem dos ninhos e repreendem.

— Atrevido, atrevido! — dizem.

No início do verão, há muitas coisas para uma criança comer, beber, chupar e mastigar. As hastes do dente-de-leão estão cheias de leite, as cabeças dos trevos estão carregadas de néctar, a geladeira está cheia de bebidas geladas. Para onde quer que se olhe, há vida; até mesmo a bolinha de cuspe no talo da erva, se você a cutucar, tem um verme verde lá dentro. E no lado de baixo da folha da videira de batata estão os ovos alaranjados e brilhantes do grilo.

Foi em um dia de início de verão que os ovos da gansa eclodiram. Este foi um evento importante no porão do celeiro. Fern estava lá, sentada no banquinho, quando aconteceu.

Com exceção da própria gansa, Charlotte foi a primeira a saber que os gansinhos haviam finalmente chegado. A gansa soube com um dia de antecedência que eles estavam chegando — ela ouviu os grasnadinhos fracos chamando de dentro do ovo. Sabia que estavam em uma posição desesperadamente apertada dentro da casca e estavam muito ansiosos para romper e sair. Então ela se sentou bem quieta e falou menos do que de costume.

Quando o primeiro gansinho enfiou a cabeça cinza-esverdeada entre as penas da gansa e olhou em volta, Charlotte o espiou e fez o anúncio.

— Estou certa — disse ela — de que cada um de nós aqui no porão do celeiro ficará satisfeito em saber que, após quatro semanas de esforço e paciência incessantes por parte da gansa, ela agora tem algo a mostrar. Os gansinhos chegaram. Permita-me oferecer as minhas mais sinceras congratulações!

— Obrigada, obrigada, obrigada! — disse a gansa, balançando a cabeça e fazendo mesuras desavergonhadas.

— Obrigado — disse o ganso.

— Parabéns! — exclamou Wilbur. — Quantos gansinhos tem aí? Só consigo ver um.

— Tem sete — disse a gansa.

— Ótimo! — disse Charlotte. — Sete é um número de sorte.

— A sorte não teve nada a ver com isso — disse a gansa. — Foi tudo fruto de um bom cuidado e muito esforço.

Nesse momento, Templeton tirou o nariz do esconderijo dele sob o cocho de Wilbur. Olhou para Fern e foi rastejando cautelosamente em direção à gansa, mantendo-se perto da parede. Todos o observavam, pois ele não era querido nem confiável.

— Olha só — começou na voz aguda dele —, você falou que teve sete gansinhos. Mas eram oito ovos. O que aconteceu com o outro ovo? Por que não chocou?

— Acho que não vingou — disse a gansa.

— O que você vai fazer com ele? — continuou Templeton, os olhinhos redondos e brilhantes fixos na gansa.

— Pode ficar com ele — respondeu a gansa. — Role para lá e o coloque naquela sua coleção nojenta.

(Templeton tinha o hábito de pegar objetos incomuns pela fazenda e guardá-los em sua casa. Ele pegava de tudo.)

— Com certeza-certeza-certeza — disse o ganso. — Você pode pegar o ovo. Mas vou lhe dizer uma coisa, Templeton: se algum dia eu pegar seu focinho feio cutucando-cando--cando nossos gansinhos, vou te dar a pior surra que um rato já levou.

E o ganso abriu as asas fortes e bateu no ar com elas para mostrar o poder dele. Ele era forte e corajoso, mas a verdade é que tanto a gansa quanto o ganso estavam preocupados com Templeton. E com razão. O rato não tinha moral, nem consciência, nem escrúpulos, nem consideração, nem decência,

nem um fiapo de bondade de roedor, nem sentimento superior, nem amizade, nem nada. Ele mataria um gansinho se pudesse escapar impune — a gansa sabia disso. Todo mundo sabia.

Com seu bico largo, a gansa empurrou o ovo não eclodido para fora do ninho, e todo o grupo assistiu com nojo enquanto o rato o rolava para longe. Até Wilbur, que podia comer quase tudo, ficou horrorizado.

— Imagine querer um velho ovo podre! — murmurou.

— Um rato é um rato — disse Charlotte. Ela deu uma risadinha. — Mas, meus amigos, se aquele ovo velho quebrar, este celeiro ficará insustentável.

— O que isso quer dizer? — perguntou Wilbur.

— Significa que ninguém vai conseguir viver aqui por causa do cheiro. Um ovo podre é uma bomba de fedor.

— Não vou deixar quebrar — rosnou Templeton. — Sei o que estou fazendo. Eu lido com esse tipo de coisa o tempo todo.

Ele desapareceu pelo túnel, empurrando o ovo da gansa à frente. Empurrou e cutucou até conseguir passá-lo para o covil dele sob o cocho.

Naquela tarde, quando o vento diminuiu e o curral estava quieto e quente, a gansa cinza levou os sete filhotes para fora do ninho e para o mundo. O sr. Zuckerman deu uma olhada neles quando chegou com o jantar de Wilbur.

— Olhe, veja só! — disse ele, todo sorridente. — Vamos ver... um, dois, três, quatro, cinco, seis, sete. Sete bebês gansos. Que adorável!

VII. Notícias ruins

Wilbur gostava cada vez mais de Charlotte. A campanha dela contra os insetos parecia sensata e útil. Quase ninguém na fazenda tinha uma boa palavra a dizer sobre uma mosca. As moscas passavam o tempo todo importunando os outros. As vacas as odiavam. Os cavalos as detestavam. As ovelhas as abominavam. O sr. e a sra. Zuckerman estavam sempre reclamando delas e colocando telas pela casa.

Wilbur admirava a maneira como Charlotte conseguia fazer isso. Ele estava particularmente feliz por ela sempre colocar a vítima para dormir antes de comê-la.

— É muito atencioso de sua parte fazer isso, Charlotte — disse ele.

— Sim — respondeu ela com a voz doce e musical. — Eu sempre dou um anestésico para que não sintam dor. É um pequeno agrado da minha parte.

Com o passar dos dias, Wilbur cresceu e cresceu. Ele comia três grandes refeições por dia. Passava longas horas deitado de lado, meio adormecido, tendo sonhos agradáveis. Gozava de boa saúde e ganhou muito peso. Uma tarde, quando Fern estava sentada no banquinho, a ovelha mais velha entrou no celeiro e parou para fazer uma visita a Wilbur.

— Olá! — disse ela. — Parece que você está ganhando peso.

— Sim, acho que estou — respondeu Wilbur. — Na minha idade, é uma boa ideia continuar crescendo.

— Mesmo assim, não te invejo nem um pouco — disse a velha ovelha. — Você sabe o motivo pelo quão estão te engordando, não é?

— Não — disse Wilbur.

— Bom, eu não gosto de espalhar notícias ruins — disse a ovelha —, mas eles estão te engordando porque irão te matar, este é o motivo.

— Eles vão fazer *o quê*? — gritou Wilbur.

Fern ficou rígida no banquinho.

— Te matar. Vão te transformar em bacon e presunto — continuou a velha ovelha. — Quase todos os porcos jovens são assassinados pelo fazendeiro assim que o tempo esfria de verdade. Existe um boato por aqui de que vão te matar por volta do Natal. Todo mundo está envolvido... Lurvy, Zuckerman, até mesmo John Arable.

— O sr. Arable? — choramingou Wilbur. — O pai de Fern?

— Isso mesmo. Quando matam um porco, todo mundo ajuda. Eu sou uma ovelha velha e já vi a mesma coisa, o mesmo trabalho, ano após ano. Arable chega com a calibre 22 dele, atira...

— Pare! — gritou Wilbur. — Eu não quero morrer! Alguém me salve! Socorro!

Fern estava prestes a saltar quando uma voz bem fininha interferiu:

— Fique quieto, Wilbur! — disse Charlotte, que estava ouvindo a conversa terrível.

— Não consigo ficar quieto — gritou Wilbur, correndo para cima e para baixo. — Não quero ser morto. Não quero morrer. É verdade o que a ovelha está dizendo, Charlotte? É verdade que irão me matar quando o tempo esfriar?

— Bom — disse a aranha, cutucando a teia, pensativa —, a velha ovelha está aqui no celeiro há muito tempo. Ela já viu muitos porquinhos chegando e partindo. Se ela diz que planejam te matar, tenho certeza de que é verdade.

Também é o truque mais sujo de que já ouvi falar. O que as pessoas não fazem!

Wilbur caiu aos prantos.

— Eu não *quero* morrer — resmungou. — Quero continuar vivo, bem aqui na minha confortável pilha de estrume com todos os meus amigos. Quero respirar o belo ar e ficar deitado sob o lindo sol.

— Você certamente está fazendo uma bela barulheira, isso sim — xingou a velha ovelha.

— Eu não quero morrer! — gritou Wilbur, se jogando no chão.

— Você não vai morrer — disse Charlotte, bruscamente.

— O que? Sério? — gritou Wilbur. — Quem vai me salvar?

— Eu — respondeu Charlotte.

— Como? — indagou Wilbur.

— Isso eu ainda vou ver. Mas vou te salvar e quero que se acalme agora mesmo. Você está sendo muito infantil. Pare com essa choradeira! Não suporto descontrole.

VIII. *Uma conversa em casa*

No domingo de manhã, o sr. e a sra. Arable e Fern estavam na cozinha tomando café da manhã. Avery já tinha terminado e estava lá em cima, procurando o seu estilingue.

— Você sabia que os gansinhos do tio Homer já chocaram? — perguntou Fern.

— Quantos são? — perguntou o sr. Arable.

— Sete — respondeu Fern. — Eram oito ovos, mas um dos ovos não chocou, e a gansa disse a Templeton que não o queria mais, então ele o levou embora.

— A gansa fez o quê? — perguntou a sra. Arable, olhando para a filha com uma expressão esquisita, preocupada.

— Disse a Templeton que não queria mais o ovo — repetiu Fern.

— Quem é Templeton? — perguntou a sra. Arable.

— O rato — respondeu Fern. — Nenhum de nós gosta muito dele.

— "Nós"? De quem você está falando? — perguntou a sra. Arable.

— Ah, todo mundo no celeiro. Wilbur, as ovelhas, os carneiros, a gansa, o ganso, os gansinhos, Charlotte e eu.

— Charlotte? — disse a sra. Arable. — Quem é Charlotte?

— Ela é a melhor amiga de Wilbur. Ela é muito inteligente.

— Como ela é? — perguntou a sra. Arable.

— Bem, eu… — disse Fern, pensativa. — Ela tem oito pernas. Todas as aranhas têm, eu acho.

— Charlotte é uma aranha? — perguntou a mãe de Fern. Fern concordou.

— Uma aranha grande e cinza. Ela tem uma teia em cima do batente de Wilbur. Ela pega moscas e suga o sangue delas. Wilbur a ama.

— É mesmo? — disse a sra. Arable, de forma vaga.

Ela encarava Fern com uma expressão preocupada no rosto.

— Ah, sim, Wilbur ama Charlotte — disse Fern. — Sabe o que a Charlotte disse quando os gansinhos chocaram?

— Não faço a menor ideia — disse a sra. Arable. — O que ela disse?

— Quando o primeiro gansinho colocou a cabecinha para fora da asa da mãe, eu estava sentada no meu banquinho no canto e Charlotte estava na teia. Ela fez um discurso. Ela disse: "Estou certa de que cada um de nós aqui no porão do celeiro ficará satisfeito em saber que, após quatro semanas de esforço e paciência incessantes por parte da gansa, ela agora tem algo a mostrar". Você não acha que foi uma coisa agradável de se dizer?

— Sim, acho — disse a sra. Arable. — Mas já está na hora de se preparar para a Escola Dominical. Suba e diga ao seu irmão para se arrumar também. E esta tarde você pode me contar mais sobre o que se passa no celeiro do tio Homer. Você não está passando muito tempo lá? Você vai lá quase todas as tardes, não é?

— Eu gosto de lá — respondeu Fern.

Ela limpou a boca e correu para cima. Depois que ela saiu da sala, a sra. Arable falou numa voz baixa para o marido:

— Eu me preocupo com a Fern — disse ela. — Você ouviu como ela ficou tagarelando sobre os bichos, fingindo que eles falavam?

O sr. Arable riu.

— Talvez eles falem mesmo — disse ele. — Eu já pensei nisso. De qualquer modo, não se preocupe com Fern... ela tem uma imaginação viva. Crianças acham que escutam todo tipo de coisa.

— Mesmo assim, eu me preocupo, *sim*, com ela — respondeu a sra. Arable. — Acho que vou comentar esse comportamento com o dr. Dorian na próxima vez que encontrar com ele. Ele ama Fern quase tanto quanto nós, e quero que ele saiba como ela age de um jeito esquisito quando se trata daquele porco e tudo mais. Não acho normal. Você sabe muito bem que os animais não falam.

O sr. Arable sorriu.

— Talvez nossos ouvidos não sejam tão afiados quanto os de Fern — disse ele.

IX. A ostentação de Wilbur

A teia de uma aranha é mais forte do que parece. Embora seja feita de fios finos e delicados, a teia não se rompe facilmente. No entanto, uma teia é rasgada todos os dias pelos insetos que batem nela, e uma aranha deve reconstrui-la quando fica cheia de buracos. Charlotte gostava de tecer no final da tarde, e Fern gostava de sentar-se por perto e assistir. Uma tarde ela ouviu uma conversa muito interessante e testemunhou um estranho acontecimento.

— Você tem pernas bem peludas, Charlotte — disse Wilbur, enquanto a aranha trabalhava com diligência na tarefa dela.

— Minhas pernas são peludas por um bom motivo — respondeu Charlotte. — Além disso, cada perna minha tem sete seções: a coxa, o trocânter, o fêmur, a patela, a tíbia, o metatarso e o tarso.

Wilbur sentou-se ereto.

— Você está brincando — disse ele.

— Não, não estou.

— Fale os nomes outra vez, eu não os ouvi direito na primeira vez.

— Coxa, trocânter, fêmur, patela, tíbia, metatarso e tarso.

— Meu Deus! — disse Wilbur, baixando o olhar para as próprias pernas gorduchas. — Eu não acho que as *minhas* pernas tenham sete seções.

— Bem — disse Charlotte —, você e eu temos vidas diferentes. Você não precisa tecer uma teia. Para se fazer isso é preciso trabalhar bastante com as pernas.

— Eu poderia tecer uma teia se quisesse — disse Wilbur, se gabando. — É só que eu nunca tentei.

— Quero ver você tentar — disse Charlotte.

Fern riu baixinho, e os olhos dela se arregalaram de amor pelo porco.

— Tudo bem — respondeu Wilbur. — Você me ensina, e eu teço. Deve ser divertido tecer uma teia. Como eu começo?

— Respire fundo! — disse Charlotte, sorrindo.

Wilbur respirou fundo.

— Agora suba no lugar mais alto que conseguir, assim.

Charlotte disparou até o alto do batente. Wilbur subiu até o topo da pilha de esterco.

— Muito bem! — disse Charlotte. — Agora faça um anexo com suas fiandeiras, lance-se no espaço e solte uma linha de arrasto enquanto desce!

Wilbur hesitou um momento, então saltou no ar. Olhou rapidamente para trás para ver se um pedaço de corda o seguia para conter a queda, mas nada parecia estar acontecendo na retaguarda, e o que percebeu a seguir foi que caiu com um baque.

— Ooopa! — grunhiu.

Charlotte riu tanto que a teia dela começou a balançar.

— O que eu fiz de errado? — indagou o porco, recuperando-se da queda.

— Nada — disse Charlotte. — Foi uma boa tentativa.

— Acho que vou tentar de novo — disse Wilbur, alegremente. — Acredito que só preciso de uma cordinha para me segurar.

O porco caminhou até seu quintalzinho.

— Você está aí, Templeton? — chamou.

O rato enfiou a cabeça para fora do cocho.

— Você tem um pedacinho de corda para me emprestar? — perguntou Wilbur. — Preciso tecer uma teia.

— Sim, claro — respondeu Templeton, que guardava corda. — Sem problemas. Tudo que for preciso.

Ele rastejou para dentro de seu buraco, empurrou o ovo de ganso para longe do caminho e voltou com um velho pedaço de barbante sujo. Wilbur o examinou.

— É isso mesmo — disse ele. — Templeton, você poderia amarrar uma ponta no meu rabo, por favor?

Wilbur se agachou, com a cauda fina e encaracolada voltada para o rato. Templeton pegou o barbante, passou-o pela ponta do rabo do porco e amarrou dois nós simples. Charlotte assistiu com prazer. Tal como Fern, ela realmente gostava de Wilbur, cujo chiqueiro fedorento e a comida rançosa atraíam as moscas de que ela precisava, e ela estava orgulhosa de ver que ele não desistia fácil e estava disposto a tentar novamente.

Com o rato, a aranha e a garotinha assistindo, Wilbur subiu no topo da pilha de estrume, cheio de energia e esperança.

— Atenção, todo mundo! — gritou.

E, reunindo todas as forças, ele se jogou no ar, de cabeça. A corda se arrastava atrás dele. Mas, como ele havia se esquecido de prender a outra ponta em qualquer coisa, não adiantou muito, e Wilbur caiu com um baque surdo, esmagado e ferido. Os olhos se encheram de lágrimas. Templeton sorriu. Charlotte apenas ficou sentada em silêncio. Depois de um tempo, ela falou:

— Você não pode tecer uma teia, Wilbur, e eu aconselho que você abandone essa ideia. Faltam a você duas coisas necessárias para se tecer uma teia.

— Quais? — perguntou Wilbur, tristonho.

— Você não tem um conjunto de fiandeiras e nem tem conhecimento. Mas anime-se, você não precisa de uma teia. Zuckerman fornece três grandes refeições por dia. Por que iria se preocupar em prender comida?

Wilbur suspirou.

— Você é sempre tão mais esperta e inteligente do que eu, Charlotte. Acho que eu só estava tentando me exibir. Bem--feito para mim.

Templeton desamarrou o barbante do rabinho de Wilbur e o levou de volta para casa. Charlotte voltou para a teia dela.

— Não precisa ficar chateado, Wilbur — disse ela. — Poucas criaturas podem tecer teias. Mesmo os humanos não são tão bons nisso quanto as aranhas, embora *achem* que são muito bons e *tentem* de tudo. Você já ouviu falar da ponte de Queensborough?

Wilbur sacudiu a cabeça.

— É uma teia?

— Mais ou menos — respondeu Charlotte. — Mas você sabe quanto tempo os humanos levaram para construir a ponte? Oito anos inteiros. Meu Deus, eu morreria de fome esperando tanto tempo. Posso fazer uma teia em uma única noite.

— O que as pessoas pegam na ponte de Queensborough... insetos? — perguntou Wilbur.

— Não — disse Charlotte. — Eles não pegam nada. Eles simplesmente continuam trotando para a frente e para trás pela ponte pensando que há algo melhor do outro lado. Se eles ficassem de cabeça baixa no topo da coisa e esperassem em silêncio, talvez algo de bom aparecesse. Mas não... com os humanos tudo é pressa, pressa, pressa, a cada minuto. Ainda bem que sou uma aranha sedentária.

— O que significa "sedentária"? — perguntou Wilbur.

— Significa que fico parada boa parte do tempo e não fico vagando para tudo quanto é lado. Eu reconheço uma coisa boa quando vejo, e a minha teia é uma coisa boa. Fico parada e espero o que vier. Me dá tempo para pensar.

— Bom, acho que eu também sou meio sedentário — disse o porco. — Eu tenho que ficar aqui, querendo ou não. Sabe onde eu realmente gostaria de estar agora mesmo?

— Onde?

— Em uma floresta procurando por nozes de faia, trufas e deliciosas raízes, afastando as folhas com o meu focinho maravilhoso e forte, procurando e farejando o chão, cheirando, cheirando, cheirando...

— Você já tem um cheiro daqueles sem fazer tudo isso — comentou um cordeiro que tinha acabado de entrar. — Dá para sentir o seu cheiro daqui. Você é a criatura mais fedorenta da região.

Wilbur baixou a cabeça. Os olhos dele se encheram de lágrimas. Charlotte notou que ele estava envergonhado e falou bruscamente com o cordeiro.

— Deixe Wilbur em paz! — disse ela. — Ele tem todo o direito de feder, levando em consideração o ambiente. Você mesmo não é uma flor perfumada. Além disso, está interrompendo uma conversa muito agradável. Do que estávamos falando, Wilbur, quando fomos tão rudemente interrompidos?

— Ah, não me lembro — disse Wilbur. — Não faz diferença. Vamos ficar em silêncio por enquanto, Charlotte. Estou com sono. Pode ir terminar sua teia, vou deitar aqui e ficar te observando. Esse fim de tarde está tão lindo.

Wilbur se espreguiçou de lado.

O crepúsculo pousou no celeiro de Zuckerman, e também uma sensação de paz. Fern sabia que era quase hora do jantar, mas não suportava ir embora. As andorinhas passavam em voos silenciosos, entrando e saindo pelas portas, levando comida para os filhotes. Do outro lado da estrada, um pássaro cantou "Uiiiiporiiiu, uiiiiporiiiu!". Lurvy sentou-se sob uma macieira e acendeu o cachimbo; os animais sentiram o cheiro familiar de tabaco forte. Wilbur ouviu o coaxar do sapo e o bater ocasional da porta da cozinha. Todos esses sons o deixavam confortável e feliz, pois ele amava a vida e amava fazer parte do mundo em uma tardinha de verão. Mas, enquanto estava deitado, lembrou-se do que a velha ovelha lhe dissera. O pensamento da morte veio a ele e ele começou a tremer de medo.

— Charlotte? — disse ele, suavemente.

— Sim, Wilbur?

— Eu não quero morrer.

— Claro que não quer — disse Charlotte em uma voz reconfortante.

— Eu amo tanto ficar aqui no celeiro — disse Wilbur. — Eu amo tudo neste lugar.

— Claro que ama — disse Charlotte. — Todos nós amamos.

A gansa apareceu, seguida pelos sete filhotes. Eles esticavam os pescocinhos e mantinham um assobio musical, como uma pequena trupe de flautistas. Wilbur ouviu o som com amor no coração.

— Charlotte? — disse ele.

— Sim? — disse a aranha.

— Você estava falando sério quando prometeu que iria impedir que eles me matassem?

— Eu nunca falei mais sério em toda a minha vida. Não vou permitir que você morra, Wilbur.

— Como você vai me salvar? — perguntou o porco, cuja curiosidade era muito grande a essa altura.

— Bom — disse Charlotte, vagamente — Não sei. Mas estou pensando em um plano.

— É maravilhoso saber disso — disse Wilbur. — Como está ficando o plano? Já adiantou muita coisa? Está dando certo?

Wilbur estava tremendo de novo, mas Charlotte estava calma e controlada.

— Ah, está se encaminhando — disse ela, levemente. — O plano ainda está nos estágios iniciais e ainda não tem forma completa, mas estou trabalhando nele.

— Quando você trabalha nele? — questionou Wilbur.

— Quando estou pendurada de cabeça para baixo no topo da minha teia. É quando penso, porque então todo meu sangue está na minha cabeça.

— Eu ficaria para lá de feliz de ajudar como puder.

— Prefiro pensar nisso sozinha — disse Charlotte. — Eu consigo pensar melhor se estiver pensando sozinha.

— Está bem — disse Wilbur. — Mas me avise se tiver alguma coisa que eu possa fazer para ajudar, por menor que seja.

— Bom — respondeu Charlotte — você pode tentar dar uma encorpada. Quero que você durma bastante e pare de se preocupar. Nunca se apresse e nunca se preocupe! Mastigue bem a comida e coma tudo, mas deixe um pouquinho para Templeton. Ganhe peso e fique saudável, é assim que você pode ajudar. Fique saudável e não perca a tenacidade. Entendeu bem?

— Sim, entendi — disse Wilbur.

— Então, vá para a cama — disse Charlotte. — Dormir é importante.

Wilbur trotou até o canto mais escuro do chiqueiro e se jogou. Fechou os olhos. Depois de alguns minutos, ele falou:

— Charlotte?

— Sim, Wilbur?

— Posso ir até o meu cocho e ver se deixei alguma coisa do meu jantar? Acho que deixei só um pouquinho de purê de batata.

— Faça isso — disse Charlotte. — Mas volte para a cama em instantes.

Wilbur começou a correr para o quintal dele.

— Devagar, devagar! — disse Charlotte. — Nunca se apresse e nunca se preocupe!

Wilbur se conteve e rastejou lentamente até seu cocho. Encontrou um pedaço de batata, mastigou com cuidado, engoliu e voltou para a cama. Fechou os olhos e ficou em silêncio por um tempo.

— Charlotte? — disse ele, num sussurro.

— Sim?

— Posso pegar um pouco de leite? Acho que ainda tem um restinho no meu cocho.

— Não, o cocho está seco e eu quero que você durma. Chega de conversa! Feche os olhos e vá dormir.

Wilbur fechou os olhos. Fern se levantou do banquinho e começou a andar na direção de casa, a cabeça cheia de tudo o que tinha visto e ouvido.

— Boa noite, Charlotte! — disse Wilbur.

— Boa noite, Wilbur!

Houve uma pausa.

— Boa noite, Charlotte!

— Boa noite, Wilbur!

— Boa noite!

— Boa noite!

X. Uma explosão

Aaranha aguardava, dia após dia, de cabeça para baixo, que uma ideia viesse até ela. Hora após hora, ela ficava parada, perdida em pensamentos. Como tinha prometido a Wilbur que salvaria a vida dele, ela estava decidida a cumprir a promessa.

Charlotte era paciente por natureza. Ela sabia, por experiência, que se esperasse pelo tempo necessário, uma mosca cairia na teia dela. Por isso ela tinha certeza de que se pensas-

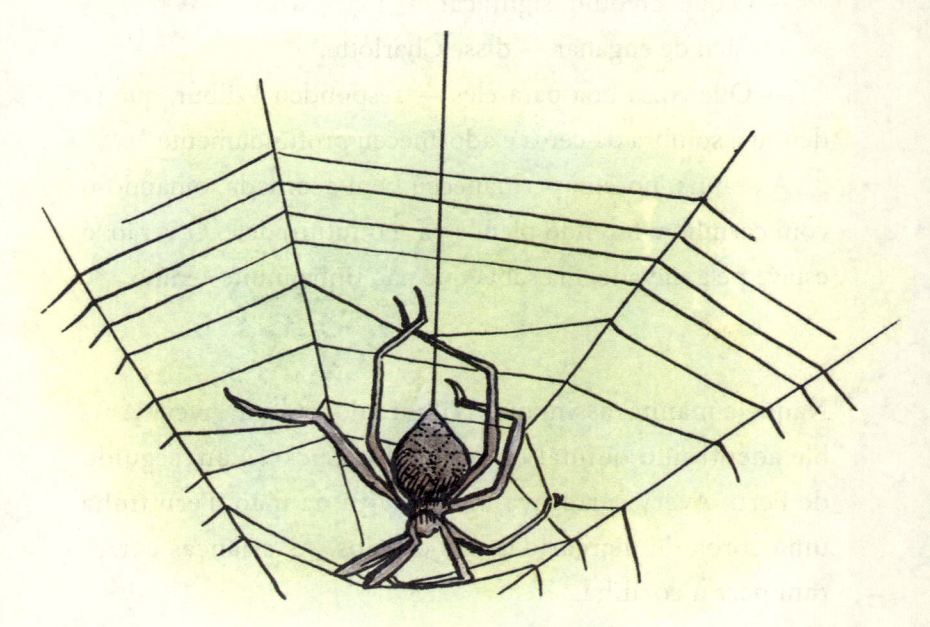

se no problema de Wilbur pelo tempo necessário, uma ideia surgiria na mente dela.

Por fim, em uma manhã em meados de julho, a ideia apareceu.

— Ora, quão perfeitamente simples! — disse para si mesma. — A maneira de salvar a vida de Wilbur é pregando uma peça em Zuckerman. *Se eu consigo enganar um inseto,* pensou Charlotte, *com certeza posso enganar um homem. As pessoas não são tão espertas quanto os insetos.*

Wilbur entrou no quintal bem naquele momento.

— No que você está pensando, Charlotte? — perguntou.

— Estava pensando — disse a aranha — que o ser humano é muito crédulo.

— O que "crédulo" significa?

— Fácil de enganar — disse Charlotte.

— Que coisa boa para eles — respondeu Wilbur, que se deitou à sombra da cerca e adormeceu profundamente.

A aranha, porém, permaneceu bem acordada, olhando-o com carinho e fazendo planos para o futuro dele. O verão já estava pela metade. Ela sabia que não tinha muito tempo.

Naquela manhã, assim que Wilbur adormeceu, Avery Arable adentrou o quintal da frente dos Zuckerman, seguido de Fern. Avery carregava uma rã viva na mão. Fern tinha uma coroa de margaridas nos cabelos. As crianças correram para a cozinha.

— Chegaram na hora certa para uma torta de mirtilo — disse a sra. Zuckerman.

— Olhe só a minha rã! — disse Avery, colocando o animal no escorredor e estendendo a mão para pegar a torta.

— Tire esse negócio daqui! — disse a sra. Zuckerman.

— Ela está quente — disse Fern. — Tá quase morta, essa rã.

— Não está — disse Avery. — Ela me deixa arranhar por entre os olhos dela.

A rã pulou e caiu na panela cheia de água com sabão da sra. Zuckerman.

— Você está se sujando de torta — disse Fern. — Posso procurar ovos no galinheiro, tia Edith?

— Para fora, os dois! E não incomodem as galinhas!

— Está sujando tudo — gritou Fern. — A torta está toda em cima dela.

— Ande, rã! — gritou Avery.

Ele pegou a rã. O animal chutou, espirrando água com sabão na torta de mirtilo.

— Outra crise! — resmungou Fern.

— Vamos brincar no balanço! — disse Avery.

As crianças correram para o celeiro.

O sr. Zuckerman tinha o melhor balanço do condado. Era um pedaço longo de corda pesada que ficava amarrado na viga sobre a porta norte. Na extremidade inferior da corda havia um nó grosso para se sentar, feito de forma que desse para balançar sem ser empurrado. Você subia uma escada até o palheiro. Então, segurando a corda, parava na beirada e olhava para baixo, o que a deixava assustada e tonta. Naquele momento montava no nó, de modo que ele funcionasse como um assento. Daí tinha que juntar toda coragem possível, respirar fundo e pular. Por um segundo, era como estar caindo no chão do celeiro lá embaixo, mas, de repente, a corda começava a tensionar e você saía voando pela porta do celeiro a mais de um quilômetro por minuto, com o vento assobiando em seus olhos e ouvidos e cabelos. Então era só olhar para o céu e as nuvens, e a corda ia se torcendo conforme você torcia e girava com ela. Daí a corda descia, descia, descia do céu e voltava velejando para o celeiro, quase no palheiro, para depois voar de novo (não tão longe desta vez), e entrar (não tão alto) e sair, para depois tudo se repetir e repetir, dentro, então fora, então dentro; e no final você tinha de pular e cair, deixando a vez para o próximo da fila.

Mães em um raio de quilômetros se preocupavam com o balanço de Zuckerman. Temiam que alguma criança caísse. Mas nunca aconteceu. As crianças quase sempre se agarram às coisas com mais força do que os pais imaginam.

Avery colocou a rã no bolso e subiu no palheiro.

— A última vez que balancei aqui, quase bati em uma andorinha — gritou.

— Tire a rã do bolso! — ordenou Fern.

Avery sentou-se na corda e saltou. Navegou porta afora, de rã e tudo, e foi rumo ao céu, com rã e tudo. Então flutuou de volta para o celeiro.

— A sua língua está roxa! — gritou Fern.

— A sua também! — berrou Avery, flutuando para fora com a rã outra vez.

— Tem feno dentro do meu vestido! Está coçando! — disse Fern.

— Coça! — gritou Avery, voando de volta.

— É a minha vez — disse Fern. — Sai!

— A Fern tá com coceira! — cantarolou Avery.

Ao saltar, ele jogou o balanço para a irmã. Ela fechou os olhos com força e pulou. Sentiu a queda vertiginosa, depois a sustentação do balanço. Quando abriu os olhos, estava olhando para o céu azul e prestes a voar de volta pela porta.

Revezaram por uma hora.

Quando as crianças se cansaram de balançar, desceram para o pasto, colheram framboesas silvestres e as comeram. As línguas passaram de roxo para vermelho. Fern mordeu uma framboesa com um inseto de gosto ruim e ficou desanimada. Avery encontrou uma caixa de doces vazia e colocou a rã dentro dela. A rã parecia cansada depois da manhã no balanço. As crianças caminharam lentamente na direção ao celeiro. Também estavam cansadas e mal tinham energia para caminhar.

— Vamos construir uma casa na árvore — sugeriu Avery.
— Quero morar em uma árvore, com a minha rã.

— Vou visitar Wilbur — anunciou Fern.

Escalaram a cerca até a estradinha e caminharam preguiçosamente até o chiqueiro. Wilbur os ouviu se aproximando e ficou de pé.

Avery notou a teia de aranha e, ao se aproximar, viu Charlotte.

— Ei, olha só aquela aranha enorme! — disse ele. — Ela é gigantenorme.

— Deixe a aranha em paz! — comandou Fern. — Você já tem uma rã… não é o bastante?

— É uma bela aranha e eu vou pegar ela, sim — disse Avery. Ele tirou a tampa da caixa de doces e pegou um galho.

— Vou derrubar a aranha nessa caixa — disse ele.

O coração de Wilbur quase parou quando viu o que estava acontecendo. Este poderia ser o fim de Charlotte se o garoto tivesse sucesso na captura.

— Pare com isso, Avery! — gritou Fern.

Avery passou uma perna por cima da cerca do chiqueiro. Estava prestes a levantar a vareta para bater em Charlotte quando perdeu o equilíbrio. Ele balançou, tombou e caiu na beirada do cocho de Wilbur. A calha se inclinou e depois desceu com um estalo. O ovo de ganso estava logo abaixo. Houve uma explosão surda quando o ovo se partiu, e em seguida veio um cheiro horrível.

Fern gritou. Avery ficou de pé. O ar estava cheio dos terríveis gases e cheiro do ovo podre. Templeton, que estava descansando na casa dele, correu para o celeiro.

— Boa *noite*! — gritou Avery. — Boa *noite*! Que fedor! Vamos sair daqui!

Fern só chorava. Ela prendeu o nariz e correu na direção da casa. Avery correu atrás dela, segurando o nariz. Charlotte ficou muito aliviada ao vê-lo partir. Tinha escapado por pouco.

Mais tarde naquela manhã, os animais chegaram do pasto — as ovelhas, os cordeiros, o ganso, a gansa e os sete filhotes. Todos ficaram reclamando do cheiro horrível, e Wilbur teve que contar a história várias vezes, de como o menino Arable

tentou capturar Charlotte e como o cheiro do ovo quebrado o afastou bem a tempo.

— O ovo podre da gansa salvou a vida de Charlotte — disse Wilbur.

A gansa ficou orgulhosa da parte dela na aventura.

— Fico feliz por aquele ovo não ter chocado. — Ela se gabou.

Templeton, claro, ficou muito triste com a perda do amado ovo. Mas ele não conseguia parar de contar vantagem.

— Guardar as coisas é muito útil — disse em uma voz ranzinza. — Um rato nunca sabe quando algo pode ser necessário. Eu nunca jogo nada fora.

— Bom — disse uma das ovelhas —, esse negócio todo é bom para Charlotte, mas e o resto de nós? O cheiro é insuportável. Quem quer viver em um celeiro perfumado com o aroma de ovo podre?

— Não se preocupe, você se acostuma — disse Templeton.

Ele se sentou e puxou sabiamente os longos bigodes; depois saiu rasteiro com o objetivo de fazer uma visita ao lixão.

Quando Lurvy apareceu na hora do almoço, carregando um balde de comida para Wilbur, ele parou a alguns passos do chiqueiro. Fungou o ar e fez uma careta.

— Mas o que é isso? — disse ele, colocando o balde no chão e pegando o graveto que Avery tinha deixado cair para erguer o cocho. — Ratos! Puxa! Eu deveria saber que um rato faria um ninho debaixo do cocho. Como eu odeio ratos!

E Lurvy arrastou o cocho de Wilbur pelo quintal e chutou um pouco de terra no ninho do rato, enterrando o ovo quebrado e todos os outros pertences de Templeton. Então pegou o balde. Wilbur ficou parado de frente ao cocho, babando de fome. Lurvy serviu. A comida caiu cremosa ao redor dos olhos e ouvidos do porco. Ele engoliu e sugou, e sugou e engoliu, fazendo ruídos sibilantes, ansioso para pegar tudo de uma vez. Foi uma refeição deliciosa: leite desnatado, farelo de trigo, sobras de panquecas, meia rosquinha, casca de abóbora, duas torradas velhas, um terço de pão de gengibre, rabo de peixe, uma casca de laranja, um pouco da massa de uma sopa de macarrão, a borra de uma xícara de achocolatado, um rocambole velho, uma tira de papel do forro da lata de lixo e uma colher de gelatina de framboesa.

Wilbur comeu com vontade. Planejava deixar meio macarrão e algumas gotas de leite para Templeton. Então se lembrou de que o rato tinha sido útil para salvar a vida de Charlotte, e que Charlotte estava tentando salvar a vida *dele*. Por isso ele deixou um macarrão inteiro, em vez de meio.

Agora que o ovo quebrado estava enterrado, o ar estava mais leve e o celeiro já estava cheirando melhor. A tarde passou e a noite chegou. As sombras se alongaram. A brisa fresca e gentil da noite entrava pelas portas e janelas. Montada na teia, Charlotte sentou-se taciturna, comendo uma mosca e pensando no futuro. Depois de um tempo, ela se mexeu.

A aranha desceu até o centro da teia e ali começou a cortar algumas linhas. Ela trabalhou devagar, mas com firmeza, enquanto as outras criaturas cochilavam. Nenhum dos outros, nem mesmo o ganso, percebeu no que ela estava trabalhando. No fundo da cama macia, Wilbur cochilava. No cantinho favorito deles, os gansinhos assobiavam uma canção noturna.

Charlotte rasgou uma boa seção da teia, deixando um espaço aberto no meio. Então ela começou a tecer algo para substituir os fios que tinha removido. Quando Templeton voltou do lixão, por volta da meia-noite, a aranha ainda estava trabalhando.

XI. O milagre

O dia seguinte amanheceu enevoado. Tudo na fazenda estava molhado. A grama parecia um tapete mágico. O canteiro de aspargos parecia uma floresta prateada.

Nas manhãs de neblina, a teia de Charlotte era realmente uma beleza. Naquela manhã, cada fio fino tinha sido decorado com dezenas de pequenas contas de água. A teia brilhava na luz e criava um padrão de beleza e mistério, parecendo um véu delicado. Até Lurvy, que não era particularmente interessado em beleza, notou a teia quando foi levar o desjejum do porco. Notou como ela aparecia nitidamente e como era grande e cuidadosamente construída. E então deu outra olhada e viu algo que o fez pousar o balde. Ali, no centro da teia, cuidadosamente tecida em letras maiúsculas, havia uma mensagem. Ela dizia:

BELO PORCO!

Lurvy fraquejou. Esfregou os olhos com as mãos e ficou encarando a teia de Charlotte.

— Estou vendo coisas — sussurrou.

Caiu de joelhos e fez uma breve oração. Então, esquecendo-se completamente do café da manhã de Wilbur, caminhou até a casa e chamou o sr. Zuckerman.

— Acho que é melhor o senhor dar uma olhadinha no chiqueiro — disse ele.

— Qual é o problema? — perguntou o sr. Zuckerman. — Alguma coisa errada com o porco?

— N-não exatamente — disse Lurvy. — Venha e veja por si mesmo.

Os dois homens caminharam silenciosamente até o quintal de Wilbur. Lurvy apontou para a teia de aranha.

— Você está vendo o que eu estou vendo? — perguntou.

Zuckerman encarou as letras na teia. Então, murmurou as palavras:

— Belo porco.

O homem olhou para Lurvy. Daí os dois começaram a tremer. Charlotte, sonolenta depois das atividades noturnas, sorriu quando percebeu o que estava acontecendo. Wilbur chegou e ficou parado logo abaixo da teia.

— Belo porco! — murmurou Lurvy.

— Belo porco! — sussurrou o sr. Zuckerman.

Eles encararam e encararam Wilbur durante um bom tempo. Então encararam Charlotte.

— Você não acha que essa aranha... — começou o sr. Zuckerman, mas sacudiu a cabeça e não terminou a frase. Em vez disso, caminhou solenemente de volta para a casa e conversou com a esposa.

— Edith, aconteceu uma coisa — disse ele em uma voz fraca.

Ele foi até a sala para se sentar um pouco, e a sra. Zuckerman o seguiu.

— Eu tenho uma coisa para contar, Edith — disse ele. — É melhor você se sentar.

O sr. Zuckerman afundou na cadeira. Ela parecia pálida e assustada.

— Edith — disse ele, tentando manter a voz firme —, acho que é melhor você saber que temos um porco muito peculiar.

Uma expressão de total perplexidade surgiu no rosto da sra. Zuckerman.

— Homer Zuckerman, de que raios você está falando? — disse ela.

— É um assunto muito sério, Edith — respondeu ele. — Nosso porco é para lá de incomum.

— O que tem de extraordinário no porco? — perguntou a sra. Zuckerman, que estava começando a se recuperar do susto.

— Bom, eu não sei ainda — disse o sr. Zuckerman. — Mas recebemos um sinal, Edith... um sinal misterioso. Um milagre aconteceu nesta fazenda. Há uma grande teia de aranha na entrada do porão do celeiro, logo acima do chiqueiro, e quando Lurvy foi alimentar o porco esta manhã, ele notou a teia porque estava enevoada, e você sabe como uma teia de aranha fica muito peculiar em uma névoa. E bem no meio da teia estavam as palavras "belo porco". Isso mesmo, na teia. Na verdade, elas são parte da teia, Edith. Eu sei, porque estive lá e as vi. Está escrito "belo porco" tão claro quanto pode ser. Tenho certeza disso. Um milagre aconteceu e um sinal foi dado aqui na Terra, bem na nossa fazenda, e não temos um porco comum.

— Bom — disse a sra. Zuckerman. — Acho que você está um pouco errado. Me parece que o que temos é uma *aranha* incomum.

— Ah, não — disse Zuckerman. — O porco é que é incomum. Está escrito bem ali, no meio da teia.

— Talvez — disse a sra. Zuckerman. — Ainda assim, quero dar uma olhada nessa aranha.

— É só uma aranha cinza comum — disse Zuckerman.

Eles se levantaram e andaram juntos até o quintal de Wilbur.

— Está vendo, Edith? É só uma aranha cinza comum.

Wilbur ficou contente por receber tanta atenção. Lurvy ainda estava parado ali, e os três ficaram parados por uma hora, lendo as palavras na teia repetidamente e observando Wilbur.

Charlotte ficou muito satisfeita com o funcionamento do truque. Ela sentou-se sem mexer um só músculo e ficou ouvindo a conversa. Quando uma mosquinha bateu na teia, pouco depois da palavra "porco", Charlotte desceu rapidamente, enrolou a mosca e a tirou do caminho.

Depois de um tempo a neblina sumiu. A teia secou, e as palavras não ficaram mais tão visíveis. Os Zuckerman e Lurvy caminharam de volta para casa. Pouco antes de saírem do chiqueiro, o sr. Zuckerman deu uma última olhada para Wilbur.

— Sabe — disse ele, numa voz cheia de importância — Eu sempre achei, desde o começo, que esse porco era um porco daqueles. Um porco para lá de bom. Esse porco é dos melhores. Já reparou como ele é robusto ali nos ombros, Lurvy?

— Claro. Claro que sim — disse Lurvy. — Sempre fiquei de olho nesse porco. Um porco e tanto.

— Comprido, todo suave — disse Zuckerman.

— É mesmo — concordou Lurvy. — De uma suavidade só. Belo porco.

• • •

Depois que o sr. Zuckerman chegou em casa, ele tirou as roupas de trabalho e vestiu o melhor terno que tinha. Em seguida entrou no carro e foi até a casa do sacerdote. Ficou lá por uma hora e explicou ao sacerdote que um milagre tinha acontecido na fazenda.

— Até o momento — disse Zuckerman —, apenas quatro pessoas no mundo sabem do milagre... eu, minha esposa Edith, meu empregado Lurvy e o senhor.

— Não conte a mais ninguém — disse o sacerdote. — Ainda não sabemos o que significa, mas, talvez, se eu pensar direitinho, consiga explicar no meu sermão domingo que vem. Não resta dúvida de que você possui um porco muito incomum. Pretendo falar sobre isso no meu sermão e contar que a comunidade está recebendo a visita de um animal incrível. A propósito, o porco tem nome?

— Ora, sim — disse o sr. Zuckerman. — Minha sobrinha o chama de Wilbur. Ela é uma criança bem peculiar... cheia de ideias. Ela amamentou o porco com uma mamadeira e eu o comprei dela quando tinha um mês de idade.

Ele apertou a mão do ministro e foi embora.

É difícil guardar segredos. Muito antes do domingo, a notícia se espalhou pelo condado. Todo mundo ficou sabendo das palavras que tinham aparecido na teia da aranha. Todo mundo sabia que os Zuckerman tinham um porco incrível.

As pessoas começaram a chegar de longe para ver Wilbur e ler as palavras na teia de Charlotte. A estradinha que dava na fazenda dos Zuckerman ficou cheia de carros e caminhonetes desde a manhã até a noite — Fords e Chevvies e Buicks e picapes GMC e Plymouths e Studebakers e Packards e De Sotos com transmissão giromática e Oldsmobiles com motores de foguetes e Jeeps enormes e Pontiacs. As notícias sobre o porco maravilhoso se espalharam pelas colinas, fazendeiros desciam em carroças e charretes para ficar horas e horas no curral de Wilbur, admirando o animal milagroso. Todos disseram que nunca tinham visto um porco como ele em toda vida.

Quando Fern disse à mãe que Avery havia tentado acertar a aranha dos Zuckerman com um pedaço de pau, a sra. Arable ficou tão chocada que, como punição, mandou Avery para a cama sem jantar.

Nos dias que se seguiram, o sr. Zuckerman estava tão ocupado entretendo os visitantes que negligenciou o trabalho na fazenda. Ele tinha que usar roupas boas o tempo todo — já ia vestindo logo que acordava de manhã. A sra. Zuckerman preparava refeições especiais para Wilbur. Lurvy fez a barba e cortou o cabelo; o principal dever dele na fazenda passou a ser alimentar o porco enquanto as pessoas olhavam.

O sr. Zuckerman ordenou a Lurvy que aumentasse a alimentação de Wilbur de três para quatro refeições por dia. Os Zuckerman ficaram tão ocupados com os visitantes que se esqueceram das outras coisas na fazenda. As amoras amadureceram e a sra. Zuckerman não conseguiu preparar geleia alguma. O milho precisava ser capinado e Lurvy não tinha tempo para isso.

No domingo a igreja ficou cheia. O sacerdote explicou o milagre. Ele falou que as palavras na teia provavam que os seres humanos deveriam estar sempre atentos ao maravilhoso.

No fim das contas, o chiqueiro dos Zuckerman era o centro das atrações. Fern ficou feliz, pois sentiu que o truque de Charlotte estava funcionando e que a vida de Wilbur seria poupada. Mas ela descobriu que o celeiro não era mais tão agradável; ficava muito cheio de gente. Ela gostava mais quando podia ficar sozinha com os amigos animais.

XII. Uma reunião

Certa tarde, alguns dias depois de a mensagem aparecer na teia de Charlotte, a aranha convocou uma reunião com todos os animais no celeiro.

— Vou começar pela chamada. Wilbur?

— Presente! — disse o porco.

— Ganso?

— Aqui, aqui, aqui! — disse o ganso.

— Você soa como três gansos — murmurou Charlotte. — Por que você não diz apenas "aqui"? Por que repete tudo?

— É a minha idio-idio-idiossincracia — respondeu o ganso.

— Gansa? — disse Charlotte.

— Aqui, aqui, aqui! — disse a gansa.

Charlotte a encarou.

— Gansinhos, de um a sete?

— Qui-qui-qui! Qui-qui-qui! Qui-qui-qui! Qui-qui-qui! Qui-qui-qui! Qui-qui-qui! Qui-qui-qui! — responderam os gansinhos.

— Esta será uma reunião daquelas — disse Charlotte. — Qualquer um acharia que temos três gansos, três gansas e vinte e um gansinhos. Ovelhas?

— Aaa-quiii! — responderam todas as ovelhas.

— Cordeiros?

— Aaa-quiii! — responderam todos os cordeiros.

— Templeton?

Nenhuma resposta.

— Templeton?

Silêncio total.

— Bom, estamos todos aqui, menos o rato — disse Charlotte. — Acho que podemos continuar sem ele. Ora, todos vocês devem ter notado o que está acontecendo por aqui nos últimos dias. A mensagem que escrevi na minha teia, elogiando Wilbur, foi recebida. Os Zuckerman caíram nessa, e toda a comunidade também. O sr. Zuckerman acha que Wilbur é um porco incomum e, portanto, não vai querer matar e comer nosso amigo. Ouso dizer que meu truque funcionará e a vida de Wilbur pode ser salva.

— Iupiii! — gritaram todos.

— Muito obrigada — disse Charlotte. — Eu convoquei esta reunião para obter sugestões. Preciso de novas ideias para a teia. As pessoas já estão ficando cansadas de ler as palavras "belo porco". Se alguém puder pensar em outra mensagem, ou observação, ficarei feliz em tecê-la na teia. Alguma sugestão para um novo slogan?

— Que tal "porco supremo"? — perguntou um dos cordeiros.

— Não é muito bom — disse Charlotte. — Parece uma sobremesa chique.

— E que tal "incrível, incrível, incrível"? — perguntou a gansa.

— Diminua para um "incrível" e pode funcionar muito bem — disse Charlotte. — Acho que "legal" pode impressionar Zuckerman.

— Mas, Charlotte — disse Wilbur —, eu *não sou* incrível.

— Isso não faz a menor diferença — respondeu Charlotte. — Nem um pouco. As pessoas acreditam em quase tudo o que está escrito. Alguém aqui sabe como soletrar "incrível"?

— Acho que é assim: dois is, dois enes, dois cês, dois erres, dois is com acento, dois vês, dois es, dois eles-eles-eles-eles-eles — disse o ganso.

— Que tipo de acrobata você acha que eu sou? — disse Charlotte, desgostosa. — Eu precisaria ter a doença de São Guido para tecer uma palavra dessas na minha teia.

— Desculpa, desculpa, desculpa — disse o ganso.

Então a ovelha mais velha falou:

— Concordo que deve haver algo novo escrito na teia se quisermos salvar a vida de Wilbur. E se Charlotte precisar de ajuda para encontrar as palavras, acho que pode conseguir isso com nosso amigo Templeton. O rato visita o lixão regularmente e tem acesso a revistas antigas. Ele pode arrancar pedaços de anúncios e trazê-los para o porão do celeiro, para que Charlotte tenha algo de onde copiar.

— Boa ideia — disse Charlotte. — Mas não sei se Templeton vai querer ajudar. Você sabe como ele é... só pensa em si mesmo, nunca nos outros.

— Aposto que consigo a ajuda dele — disse a ovelha. — Eu vou apelar aos instintos mais básicos, coisa que ele tem em demasia. Aí vem ele. Todo mundo quieto enquanto converso com ele sobre o assunto.

O rato entrou no celeiro como sempre fazia: se esgueirando perto da parede.

— Aconteceu alguma coisa? — perguntou ao ver todos os animais reunidos.

— Estamos tendo uma reunião da diretoria — respondeu a velha ovelha.

— Então acabem logo com isso! — disse Templeton. — Reuniões me entendiam.

E o rato começou a escalar a corda pendurada na parede.

— Olhe — disse a velha ovelha —, da próxima vez que você for ao lixão, Templeton, traga um recorte de uma revista. Charlotte precisa de novas ideias para poder escrever mensagens na teia e salvar a vida de Wilbur.

— Que ele morra — disse o rato. — Não é problema meu.

— Então você vai deixar para se preocupar só quando chegar o inverno? — perguntou a ovelha. — Vai deixar para se preocupar quando, em uma manhã gelada de janeiro, sem Wilbur morando no celeiro, ninguém mais descer até aqui com um belo balde de comida quentinha para despejar no cocho? Os restos de comida de Wilbur são sua principal fonte de suprimento, Templeton. *Você* sabe disso. A comida de Wilbur é sua comida; o destino de Wilbur e o seu destino estão intimamente ligados. Se Wilbur morrer e o cocho ficar vazio, você ficará tão magro que poderemos te colocar contra a luz e ver os objetos do outro lado do seu estômago.

Os bigodes de Templeton tremeram.

— Talvez você tenha razão — disse ele rudemente. — Vou dar uma volta no lixão amanhã à tarde. Posso trazer algum recorte de revista se encontrar.

— Obrigada — disse Charlotte. — A reunião está encerrada. Terei uma noite agitada pela frente. Preciso rasgar a minha teia e escrever "incrível".

Wilbur enrubesceu.

— Mas eu *não sou* incrível, Charlotte. Eu sou bem mediano para um porco.

— Você é incrível pelo que *me* consta — respondeu Charlotte, docemente — e é isso que importa. Você é o meu melhor amigo, e *eu* acho que você é sensacional. Agora pare de discutir e vá dormir!

XIII. Bom progresso

Bem noite adentro, enquanto as outras criaturas dormiam, Charlotte trabalhou na teia. Primeiro ela arrancou algumas das linhas do orbe perto do centro. Deixou apenas as linhas radiais, pois eram necessárias para o suporte. Enquanto trabalhava, as oito pernas eram de grande ajuda. Assim como os dentes. Ela adorava tecer e era especialista nisso. Quando terminou de arrancar as coisas, a teia ficou mais ou menos assim:

Uma aranha pode produzir vários tipos de fios. Ela usa um fio seco e resistente para linhas de base e um fio pegajoso para linhas de laço — aquelas que pegam e seguram insetos. Charlotte decidiu usar o fio seco para escrever a nova mensagem.

Se eu escrever "incrível" com o fio pegajoso, pensou ela, *todo inseto que se aproximar vai ficar preso e estragar o efeito.*

— Agora, vamos ver, a primeira letra é I.

Charlotte subiu até um ponto no topo do lado esquerdo da teia. Balançando as fiandeiras na posição adequada, ela prendeu o fio e então mergulhou. Quando desceu, os tubos giratórios dela entraram em ação e ela soltou o fio. Em uma extremidade, prendeu o fio. Isso formava a parte vertical da letra I. Charlotte não ficou satisfeita, no entanto. Subiu e fez outro fio, logo ao lado do primeiro. Então carregou a linha para baixo, de modo que tivesse uma linha dupla em vez de uma única linha.

— Vai ficar melhor se eu fizer tudo usando linhas duplas.

Ela subiu de volta, moveu-se cerca de dois centímetros para a esquerda, tocou as fiandeiras na teia e então carregou uma linha para a direita, formando o topo do I. Repetiu isso, dobrando-o. Suas oito pernas estavam muito ocupadas ajudando.

— Agora o N!

Charlotte ficou tão entretida em seu trabalho que começou a falar consigo mesma, como se estivesse incentivando a si própria. Quem estivesse sentado quietinho no celeiro aquela noite, teria ouvido algo parecido com isso:

— Agora vou fazer o C! Vou fazer um semicírculo bem redondinho! Descer! Arrematar! Uau! Mais uma vez! Bom!

Subir! Repetir! Descer! Linha de arremate. Uau, garota! Firme agora! Escalar! Linha de arremate! Escalar! Repetir! Certo! Calma, mantenha as linhas bem juntinhas! Linha de arremate! Uau! Juntar! Subir! Repetir! Boa menina!

E assim, falando sozinha, a aranha trabalhou na difícil tarefa. Quando terminou, ela sentiu fome. Comeu um pequeno inseto que estava guardando. Depois dormiu.

Na manhã seguinte, Wilbur se levantou e ficou sob a teia. Deixou o ar da manhã entrar nos pulmões. Gotas de orvalho, pegando o sol, faziam a teia se destacar claramente. Quando Lurvy chegou com o café da manhã, lá estava o lindo porco, e sobre ele, cuidadosamente tecida em letras de forma, estava a palavra INCRÍVEL. Outro milagre.

Lurvy correu e chamou o sr. Zuckerman. O sr. Zuckerman correu e chamou a sra. Zuckerman. A sra. Zuckerman correu para o telefone e ligou para os Arable. Os Arable subiram no caminhão e foram bem rápido até a fazenda.

Todos foram direto para o chiqueiro e ficaram ali, parados, olhando para a teia e lendo a palavra, repetidamente, enquanto Wilbur, que realmente se sentia incrível, permaneceu quieto, estufando o peito e balançando o focinho de um lado para o outro.

— Incrível! — suspirou Zuckerman em admirada alegria. — Edith, é melhor você ligar para o repórter do *Jornal Semanal* e contar a ele o que aconteceu. Ele vai querer saber dessa história. Talvez ele queira trazer um fotógrafo. Não há porco algum em todo o estado que seja tão incrível quanto o nosso.

A notícia se espalhou. As pessoas que viajaram para ver Wilbur quando ele era um "belo porco" voltaram para vê-lo agora que ele era "incrível".

Naquela tarde, quando o sr. Zuckerman foi ordenhar as vacas e limpar as amarras, ele ainda estava pensando no porco maravilhoso que tinha.

— Lurvy! — chamou ele. — Não jogue mais estrume de vaca naquele chiqueiro. Eu tenho um porco incrível. Quero que aquele porco tenha palha limpa e brilhante todos os dias para a cama dele. Entendeu?

— Sim, senhor — disse Lurvy.

— Além disso — disse o sr. Zuckerman —, quero que comece a construir uma caixa para Wilbur. Decidi levar o porco à Feira do Condado, no dia 6 de setembro. Faça uma caixa grande e depois pinte de verde com letras douradas!

— E o que escrevo nela? — perguntou Lurvy.

— Escreva: "O famoso porco de Zuckerman".

Lurvy pegou um forcado e foi buscar um pouco de palha limpa. Ter um porco tão importante significaria muito trabalho extra, já podia sentir isso.

Abaixo do pomar de macieiras, no final de uma estrada, ficava o lixão onde o sr. Zuckerman jogava todo tipo de lixo e outras coisas que ninguém queria mais. Ali, em uma pequena clareira escondida por jovens amieiros e arbustos de framboesa silvestre, havia uma pilha impressionante de garrafas velhas e latas vazias e trapos sujos e pedaços de metal e garrafas quebradas e dobradiças quebradas e molas quebradas e baterias gastas e as revistas do mês passado e velhos esfregões de louça descartados e macacões esfarrapados e pregos enferrujados e baldes furados e rolhas esquecidas e lixo inútil de todos os tipos, incluindo uma manivela de tamanho errado para um freezer de sorvete quebrado.

Templeton conhecia o lixão e gostava dele. O lugar era cheio de bons esconderijos — excelente refúgio para um rato. E geralmente sempre dava para encontrar uma lata com comida ainda grudada no interior.

Templeton estava lá no lixão, remexendo. Quando voltou ao celeiro, levava na boca um anúncio que rasgara de uma revista amassada.

— O que acha disso aqui? — perguntou ele, mostrando o anúncio para Charlotte. — Está escrito "crocante". "Crocante" seria uma boa palavra para escrever na teia.

— É a ideia errada — respondeu Charlotte. — Não poderia ser pior. Não queremos que Zucerkman ache que Wilbur é crocante. Ele pode começar a pensar em batata frita, bacon crocante e presunto saboroso. Isso colocaria ideias erradas na cabeça dele. Precisamos alardear as características nobres de Wilbur, não o sabor delicioso dele. Encontre outra palavra, por favor, Templeton!

O rato parecia enojado. Mas se esgueirou até o lixão e logo voltou com uma tira de pano de algodão.

— Que tal isso? — perguntou ele. — É uma etiqueta de uma camisa velha.

Charlotte examinou a etiqueta. Dizia PRÉ-ENCOLHIDO.

— Lamento, Templeton — disse ela —, mas "pré-encolhido" está fora de cogitação. Queremos que Zuckerman acredite que Wilbur é bem robusto, não encolhido. Serei obrigada a pedir que tente outra vez.

— O que você acha que eu sou, um mensageiro? — resmungou o rato. — Eu não vou gastar todo o meu tempo correndo até o lixão atrás de material publicitário.

— Só mais uma vez… por favor! — disse Charlotte.

— Vou lhe dizer o que vou fazer — disse Templeton. — Eu sei onde há um pacote de sabão em pó no depósito de madeira. Tem coisas escritas nele. Vou trazer um pedaço do pacote para você.

Ele escalou a corda pendurada na parede e desapareceu por um buraco no teto. Quando voltou, tinha entre os dentes uma tira de papelão azul e branco.

— Isso! — disse ele, triunfante. — O que acha disso?

Charlotte leu as palavras: Nova ação radiante.

— O que isso significa? — perguntou Charlotte, que nunca tinha usado sabão em pó em toda a vida.

— Como eu vou saber? — disse Templeton. — Você pediu por palavras e eu trouxe. Agora só falta você me pedir para encontrar um dicionário.

Juntos, eles estudaram o anúncio de sabão.

— Nova ação radiante — repetiu Charlotte, lentamente. — Wilbur! — chamou.

Wilbur, que estava dormindo na palha, saltou.

— Dá uma corridinha aqui pelo chiqueiro! — ordenou Charlotte. — Quero te ver em ação, para ver se você é radiante.

Wilbur correu até a ponta do quintalzinho.

— Agora volte, mais depressa! — disse Charlotte.

Wilbur galopou de volta. A pele dele brilhava. O rabo dele tinha uma curva fina, leve.

— Pule no ar! — gritou Charlotte.

Wilbur pulou o mais alto que pôde.

— Mantenha os joelhos estendidos e encoste no chão com as orelhas! — disse Charlotte.

Wilbur obedeceu.

— Faça um salto mortal com meio giro! — gritou Charlotte.

Wilbur caiu para trás, contorcendo-se e torcendo-se enquanto avançava.

— Certo, Wilbur — disse Charlotte. — Pode voltar a dormir. Tudo bem, Templeton, a propaganda de sabão vai servir. Não tenho certeza de que a ação de Wilbur seja muito radiante, mas é interessante.

— Na verdade — disse Wilbur —, eu me *sinto* radiante.

— É mesmo? — disse Charlotte, olhando para ele com afeição. — Bem, você é um bom porquinho, e radiante será.

Eu já estou muito envolvida com essa história... é melhor ir até o fim.

Cansado da brincadeira, Wilbur deitou-se na palha limpa. Fechou os olhos. A palha parecia áspera — não tão confortável quanto o esterco de vaca, que sempre era deliciosamente macio para se deitar. Então empurrou a palha para o lado e se deitou no esterco. Wilbur suspirou. Tinha sido um dia agitado — o primeiro dia dele sendo incrível. Dezenas de pessoas visitaram o seu quintal durante a tarde, e ele teve que ficar de pé e posar, parecendo o mais incrível que pôde. Aquilo tinha sido cansativo. Fern chegou e sentou-se silenciosamente no banquinho de sempre.

— Charlotte, me conte uma história! — pediu Wilbur, já deitado à espera do sono. — Me conte uma história.

Então Charlotte, embora também estivesse cansada, fez o que Wilbur queria.

— Era uma vez — começou ela —, uma bela prima minha que conseguia tecer a teia dela atravessando um córrego. Certo dia, um peixinho saltou no ar e ficou preso na teia. Minha prima ficou, obviamente, muito surpresa. O peixe não parava de se debater loucamente. Minha prima ficou com muito medo de enfrentá-lo. Mas ela o fez. Desceu e jogou grandes massas de material de embrulho ao redor do peixe e lutou bravamente para ficar com ele.

— Ela conseguiu? — indagou Wilbur.

— Foi uma batalha para nunca se esquecer — disse Charlotte. — O peixe estava preso apenas por uma barbatana e a

cauda sacudia com violência, brilhando ao sol. A teia começou a ceder perigosamente com o peso do peixe.

— Quanto pesava o peixe? — perguntou Wilbur, ansioso.

— Não sei — disse Charlotte. — Lá estava a minha prima, se esgueirando perto do peixe, se esquivando, até ser golpeada impiedosamente na cabeça pelo peixe, que se debatia descontrolado, dançando, dançando, arrebentando os fios dela e lutando muito. Primeiro ela disparou uma esquerda ao redor da cauda. O peixe atacou de volta. Em seguida, ela mandou uma esquerda para a cauda e uma direita para a barriga. O peixe atacou de volta. Então ela desviou para um lado e jogou uma de direita, e mais outra, na nadadeira. Em seguida, mandou uma esquerda forte na cabeça, enquanto a teia balançava e se esticava.

— E depois, o que aconteceu? — perguntou Wilbur.

— Nada — disse Charlotte. — O peixe perdeu a batalha. Minha prima o enrolou bem forte, até ficar imobilizado.

— E depois, o que aconteceu? — perguntou Wilbur.

— Nada de mais — disse Charlotte. — Minha prima manteve o peixe ali por um tempo e, então, quando ela se ajeitou e ficou pronta, ela o comeu.

— Conte outra história.

Então Charlotte contou uma história de outra prima dela, que era aeronauta.

— O que é aeronauta? — perguntou Wilbur.

— Um tipo de balonista — disse Charlotte. — Minha prima ficava de cabeça para baixo e ia soltando linha o suficiente até formar um balão. Então ela se soltava e era erguida no ar e carregada pelo vento quente.

— Isso é verdade? — perguntou Wilbur. — Ou você só está inventando?

— É verdade — respondeu Charlotte. — Eu tenho primas incríveis. Agora, Wilbur, está na hora de você dormir.

— Cante alguma coisa! — implorou Wilbur, fechando os olhos.

Então, Charlotte cantou uma canção de ninar, enquanto os grilos estrilavam na grama e o celeiro escurecia. Esta foi a canção que ela cantou:

Durma, durma, meu amor, meu único,
Afunde, afunde, no esterco e no escuro;

Não tenha medo e não se sinta sozinho!
Esta é a hora em que as rãs e os tordos
Louvam o mundo das matas e dos juncos.
Descanse das preocupações, meu primeiro e único,
No fundo do esterco e da escuridão!

Mas Wilbur já estava dormindo. Quando a canção terminou, Fern se levantou e foi para casa.

XIV. Dr. Dorian

O dia seguinte era sábado. Fern estava na pia da cozinha secando os pratos do café da manhã enquanto a mãe os lavava. A sra. Arable trabalhava em silêncio. Ela esperava que Fern saísse e brincasse com outras crianças, em vez de ir para o celeiro dos Zuckerman para sentar e observar os animais.

— Charlotte é a melhor contadora de histórias que eu já vi — disse Fern, enfiando o pano de prato na tigela de cereal.

— Fern — disse a mãe com seriedade —, você não deve inventar coisas. Você sabe que aranhas não contam histórias. Aranhas não podem falar.

— A Charlotte consegue — respondeu Fern. — Ela não fala muito alto, mas fala.

— Que tipo de história ela contou? — perguntou a sra. Arable.

— Bom — começou Fern —, ela nos contou de uma prima dela que capturou um peixe na teia dela. Isso não é fascinante?

— Fern, querida, como um peixe seria pego na teia de uma aranha? — disse a sra. Arable. — Você sabe que esse tipo de coisa não acontece. Você está inventando.

— Ah, isso aconteceu mesmo — respondeu Fern. — Charlotte nunca mente. Esta prima dela construiu uma teia que atravessava um riacho. Um dia ela estava lá pendurada e um peixinho saltou no ar e se enroscou na teia. O peixe ficou preso por uma barbatana, mãe! A cauda dele se debatia muito e brilhava ao sol. Você não consegue ver a teia, cedendo com o peso do peixe? A prima de Charlotte continuou se aproximando, sorrateira e se esquivando, e o peixe bateu na cabeça dela sem piedade enquanto se debatia descontrolado, dançando, dançando, lutando...

— Fern! — irritou-se a mãe. — Pare com isso! Pare de ficar inventando histórias!

— Não estou inventando — disse Fern. — Só estou te contando o que ouvi.

— E o que aconteceu no final? — perguntou a mãe, cuja curiosidade começava a aumentar.

— A prima de Charlotte venceu. Ela envolveu o peixe, então o comeu quando estava ajeitada e pronta. Aranhas precisam comer, assim como todos nós.

— Sim, imagino que precisem — disse a sra. Arable, vagamente.

— Charlotte contou também a história de outra prima, que é balonista. Ela fica de cabeça para baixo, solta muita linha e é carregada pelo vento. Mãe, você não adoraria fazer isso?

— Sim, pensando bem, eu gostaria — respondeu a sra. Arable. — Mas, Fern, querida, eu gostaria que hoje você brincasse lá fora em vez de ir até o celeiro do seu tio Homer. Veja alguns dos seus amiguinhos e faça alguma coisa legal lá fora. Você está passando tempo demais naquele celeiro... não é bom para você ficar sozinha por tanto tempo.

— Sozinha? — disse Fern. — Sozinha? Meus melhores amigos estão naquele celeiro. É um lugar muito sociável. Nem um pouco solitário.

Fern desapareceu depois de um tempo, descendo a estrada em direção à casa dos Zuckerman. A mãe foi tirar a poeira da sala de estar. Enquanto trabalhava, não parava de pensar em Fern. Não parecia natural para uma garotinha se interessar tanto por animais. Por fim, a sra. Arable decidiu visitar o velho dr. Dorian e pedir um conselho. Entrou no carro e dirigiu até o escritório do médico, que ficava no vilarejo.

O dr. Dorian tinha uma barba volumosa. Ele ficou feliz de ver a sra. Arable e ofereceu a ela uma cadeira confortável.

— É sobre a Fern — explicou. — Ela passa tempo demais no celeiro dos Zuckerman. Não acho normal. Ela fica sentada em uma caixa de leite em um canto do celeiro, perto do chiqueiro, e observa os bichos por horas e horas. Ela só fica sentada e ouvindo.

O dr. Dorian se reclinou e fechou os olhos.

— Que encantador — disse ele. — Deve ser bem quieto e confortável por lá. Homer tem algumas ovelhas, não é?

— Sim — disse a sra. Arable. — Mas tudo começou com aquele porco que deixamos a menina criar desde bem bebezinho. Ela deu um nome para ele, Wilbur. Homer comprou o porco e, desde que ele saiu de nossa casa, Fern fica indo até a casa do tio para ficar perto dele.

— Tenho ouvido muitas coisas sobre esse porco — disse o dr. Dorian, abrindo os olhos. — Dizem que ele é um porco daqueles.

— Você ouviu falar das palavras que apareceram na teia da aranha? — perguntou a sra. Arable cheia de nervosismo.

— Sim — respondeu o médico.

— E o que o senhor acha disso? — perguntou a sra. Arable.

— Acho do quê?

— Você entende como pode ter alguma coisa escrita na teia de aranha?

— Ah, não — disse o dr. Dorian. — Não faço a menor ideia. E, por falar nisso, também não entendo como uma aranha sabe como tecer uma teia, para início de conversa. Quando as palavras apareceram, todos disseram que era um milagre. Mas ninguém apontou que a teia por si só já seja um milagre.

— O que tem de milagroso na teia de uma aranha? — disse a sra. Arable. — Não entendo por que você diz que uma teia é um milagre... é só uma teia.

— Já tentou tecer uma? — perguntou o dr. Dorian.

A sra. Arable se remexeu desconfortável na cadeira.

— Não — respondeu. — Mas sei fazer guardanapinhos de crochê e consigo tricotar uma meia.

— Claro — disse o doutor. — Mas alguém te ensinou a fazer isso, não foi?

— Minha mãe me ensinou.

— Bem, quem ensinou a uma aranha? Uma aranha jovem sabe tecer uma teia sem qualquer instrução de alguém. Você não considera isso um milagre?

— Até pode ser — disse a sra. Arable. — Nunca pensei sobre isso. Ainda assim, não entendo como aquelas palavras foram parar na teia. Não entendo e não gosto do que não entendo.

— Nenhum de nós gosta — disse o dr. Dorian, suspirando.

— Eu sou médico. As pessoas acham que médicos deveriam entender de tudo. Mas eu não entendo de tudo e não vou me aborrecer com isso.

A sra. Arable se remexeu.

— Fern diz que os animais falam uns com os outros. Dr. Dorian, o senhor acredita que animais falam?

— Nunca escutei uma palavra vindo deles — respondeu ele. — Mas isso não prova nada. É bem possível que um animal tenha falado civilizadamente comigo e que eu não tenha percebido o comentário porque não estava prestando atenção. As crianças prestam mais atenção do que os adultos. Se Fern diz que os animais no celeiro de Zuckerman falam, estou pronto para acreditar nela. Talvez, se as pessoas falassem menos, os animais pudessem falar mais. As pessoas falam sem parar... posso atestar isso.

— Bom, me sinto melhor agora — disse a sra. Arable. — O senhor acha, então, que não preciso me preocupar com a menina?

— Ela parece bem? — perguntou o médico.

— Ah, sim.

— O apetite está bom?

— Ah, sim, ela está sempre com fome.

— Ela dorme bem durante a noite?

— Dorme sim.

— Então, não se preocupe — disse o médico.

— Você acha que ela vai começar a pensar em alguma coisa além de porcos e gansos e aranhas?

— Quantos anos tem a Fern?

— Ela tem oito.

— Bom — disse o dr. Dorian —, acho que ela vai sempre amar animais. Mas eu duvido que ela passe a vida inteira no celeiro de Homer Zuckerman. Com relação a meninos... ela conhece algum menino?

— Ela conhece Henry Fussy — disse a sra. Arable com vivacidade.

O dr. Dorian fechou os olhos novamente e entrou em profunda reflexão.

— Henry Fussy — murmurou ele. — Hum. Extraordinário. Acho que você não tem nada com que se preocupar. Deixe Fern se associar com os amigos dela no celeiro, se ela quiser. Eu diria, de cara, que aranhas e porcos são tão interessantes quanto Henry Fussy. No entanto, prevejo que chegará o dia em que até mesmo Henry deixará escapar algum comentário que chamará a atenção de Fern. É incrível como as crianças mudam de um ano para o outro. Aliás, como está Avery? — perguntou, arregalando os olhos.

— Ah, Avery — riu a sra. Arable. — Avery está sempre bem. Claro que ele se embrenha em urtigas e é picado por vespas e abelhas e traz rãs e cobras para casa e quebra tudo em que encosta. Está ótimo.

— Bom! — disse o doutor.

A sra. Arable se despediu e agradeceu muito ao dr. Dorian pela consulta. Ela estava se sentindo muito aliviada.

XV. Os grilos

Os grilos cantavam no mato. Serenavam a canção do fim do verão, uma canção triste, monótona.

— O verão acabou e se foi — cantavam. — Acabou e se foi, acabou e se foi. O verão está morrendo, morrendo.

Os grilos sentiam que tinham o dever de alertar a todos que o verão não pode durar para sempre. Mesmo nos dias mais bonitos do ano — os dias em que o verão está se transformando em outono —, os grilos espalham o boato da tristeza e da mudança.

Todos ouviram o canto dos grilos. Avery e Fern Arable ouviram enquanto caminhavam pela estrada poeirenta. Eles sabiam que as aulas logo recomeçariam. Os jovens gansos ouviram e souberam que nunca mais seriam gansinhos. Charlotte ouviu e soube que não tinha muito tempo. A sra. Zuckerman, trabalhando na cozinha, ouviu os grilos e uma tristeza tomou conta dela também.

— Outro verão se foi — suspirou.

Lurvy, trabalhando na construção de uma caixa para Wilbur, ouviu a música e soube que era hora de desenterrar batatas.

— O verão acabou e se foi — repetiam os grilos. — Quantas noites até o gelo? — cantavam os grilos. — Adeus, verão, adeus, adeus.

As ovelhas ouviram os grilos e ficaram tão inquietas que abriram um buraco na cerca do pasto e foram para o campo do outro lado da estrada. O ganso descobriu o buraco e conduziu a família por ele. Todos caminharam até o pomar e comeram as maçãs que estavam no chão. No pântano, uma pequena árvore de bordo ouviu a música dos grilos e ficou vermelha de ansiedade.

Wilbur era agora o centro das atenções na fazenda. A boa comida e os horários regulares estavam dando resultado: Wilbur era um porco do qual qualquer homem se orgulharia. Um dia, mais de cem pessoas foram até o seu quintal para admirá-lo. Charlotte havia escrito a palavra "radiante", e Wilbur realmente parecia radiante parado sob a luz dourada do sol. Desde que a aranha fez amizade com ele, ele fez o possível para viver de acordo com sua reputação. Quando a teia de Charlotte disse "belo porco", Wilbur se esforçou muito para ser um "belo porco". Quando a teia de Charlotte disse "incrível", Wilbur tentou parecer incrível. E agora que a teia dizia "radiante", ele fazia todo o possível para brilhar.

Não é fácil parecer radiante, mas Wilbur se atirou nisso com vontade. Ele virava ligeiramente a cabeça e piscava os longos cílios. Então respirava profundamente. E quando o público ficava entediado, ele saltava no ar e dava uma cambalhota para trás com meia volta. Com isso, a multidão gritava e aplaudia.

— Nada mal para um porco, não é? — O sr. Zuckerman perguntava, muito satisfeito consigo mesmo. — Esse porco é radiante.

Alguns dos amigos de Wilbur no celeiro ficaram preocupados, com medo de que toda essa atenção subisse à cabeça dele e o tornasse arrogante. Mas isso nunca aconteceu. Wilbur era humilde; a fama não o estragou. Ele ainda se preocupava um pouco com o futuro, pois mal podia acreditar que uma pequena aranha seria capaz de salvar sua vida. Às vezes, à noite, ele tinha um pesadelo. Ele sonhava que homens vinham buscá-lo com facas e revólveres. Mas isso era apenas um sonho ruim. Durante o dia, Wilbur geralmente se sentia feliz e confiante. Nenhum porco jamais teve amigos mais verdadeiros, e ele percebeu que a amizade é uma das coisas mais gratificantes do mundo. Mesmo o canto dos grilos não deixou Wilbur muito triste. Ele sabia que estava quase na hora da Feira do Condado e estava ansioso pela viagem. Se ele pudesse se destacar na feira e, talvez, ganhar algum prêmio em dinheiro, tinha certeza de que Zuckerman o deixaria viver.

Charlotte tinha as próprias preocupações, mas não falou nada para ninguém. Certa manhã, Wilbur perguntou à ela sobre a feira.

— Você vai *comigo*, não é, Charlotte? — disse ele.

— Puxa, eu não sei — respondeu Charlotte. — A feira acontece em uma época ruim para mim. Seria muito inconveniente sair de casa, mesmo que apenas por alguns dias.

— Por quê? — perguntou Wilbur.

— Ah, eu não estou com vontade de sair da minha teia. Tem muita coisa acontecendo por aqui.

— *Por favor*, venha comigo! — implorou Wilbur. — Eu preciso de você, Charlotte. Não consigo ir à feira sem você. Você *precisa* vir comigo.

— Não — disse Charlotte —, acredito que seja melhor eu ficar em casa e ver se consigo adiantar um pouco do trabalho.

— Qual trabalho? — perguntou Wilbur.

— Botar ovos. É a época em que faço um saco e o encho de ovos.

— Eu não sabia que você podia botar ovos — disse Wilbur, maravilhado.

— Posso sim — disse a aranha. — Sou bem versátil.

— O que "versátil" significa... cheia de ovos? — perguntou Wilbur.

— Não, não — disse Charlotte. — "Versátil" significa que posso, com facilidade, me transformar de uma coisa em outra. Significa que eu não preciso limitar as minhas atividades a fiar e caçar e coisas do tipo.

— Por que você não vai comigo até a Feira do Condado e bota os seus ovos lá? — implorou Wilbur. — Seria muito divertido.

Charlotte deu um puxão na teia e, meio mal-humorada, a observou balançar.

— Receio que não — disse ela. — Você não sabe nada sobre botar ovos, Wilbur. Não posso reorganizar as minhas obrigações familiares para atender à administração da Feira do Condado. Quando me preparo para botar ovos, tenho que botar ovos, com ou sem feira. No entanto, não quero que você se preocupe com isso... você pode perder peso. Vamos deixar assim: irei à feira se puder.

— Ah, que bom! — disse Wilbur. — Eu sabia que você não me abandonaria quando eu mais precisasse de você.

Durante todo aquele dia, Wilbur ficou dentro de casa, levando a vida com calma na palha. Charlotte descansou e comeu um gafanhoto. Ela sabia que não poderia ajudar Wilbur por muito mais tempo. Em poucos dias ela teria que largar tudo e construir a linda bolsinha na qual guardaria seus ovos.

XVI. Para a feira

Na noite que antecedia a Feira do Condado, todos foram dormir cedo. Fern e Avery foram para a cama às oito. Avery ficou sonhando que a roda--gigante havia parado e que ele estava no banco mais alto. Fern sonhou que estava enjoando nos balanços.

Lurvy foi se deitar às oito e meia. Ele sonhou que jogava bolas de beisebol em um gato de pano e que ganhava um genuíno cobertor navajo. O sr. e a sra. Zuckerman foram para a cama às nove. A sra. Zuckerman sonhou com uma unidade de ultracongelamento. E o sr. Zuckerman sonhou com Wilbur. No sonho, Wilbur havia crescido até chegar a trinta e três metros de comprimento e nove metros de altura; e também

tinha ganhado todos os prêmios da feira e estava coberto de fitas azuis, com uma delas amarrada na ponta da cauda.

No celeiro, os animais também foram dormir cedo, menos Charlotte. A feira seria no dia seguinte. Todas as criaturas planejavam acordar cedo para ver Wilbur partir na grande aventura dele.

No dia seguinte, quando amanheceu, todos se levantaram ao raiar do sol. O dia estava quente. Na casa dos Arable, Fern levou um balde de água quente para o quarto e tomou um banho de esponja. Ela então colocou o vestido mais bonito porque sabia que veria meninos na feira. A sra. Arable esfregou a nuca de Avery, molhou, repartiu e penteou o cabelo dele, puxando os fios com força até ficarem bem grudadinhos na cabeça — todos menos uns seis fios de cabelo, que ficaram espetados. Avery vestiu roupas de baixo limpas, jeans limpos e uma camisa limpa. O sr. Arable se vestiu, tomou café da manhã e depois foi polir o caminhão. Ele tinha se oferecido para levar todos para a feira, incluindo Wilbur.

Bem cedo, Lurvy pôs palha limpa na caixa de Wilbur e a colocou no chiqueiro. A caixa era verde. Em letras douradas dizia:

O famoso porco de Zuckerman

Charlotte tinha deixado a teia bem bonita para a ocasião. Wilbur comeu o café da manhã lentamente. Tentou parecer radiante e evitar que a comida ficasse presa nas orelhas. Na cozinha, a sra. Zuckerman de repente fez um anúncio.

— Homer — disse ela ao marido —, eu vou dar um banho de leitelho naquele porco.

— Um o quê? — disse Zuckerman.

— Um banho de leitelho, homem, de manteiga. A minha avó costumava banhar o porco dela em leitelho quando ele se sujava… acabei de me lembrar disso.

— Wilbur não está sujo — disse o sr. Zuckerman, orgulhoso.

— Ele está imundo atrás das orelhas — disse a sra. Zuckerman. — Toda vez que Lurvy joga comida, ela escorre pelas orelhas. Depois seca e forma uma crosta. Ele também tem uma mancha de um lado onde fica deitado no estrume.

— Ele dorme em palha limpa — corrigiu o sr. Zuckerman.

— Não importa, ele está sujo e vai tomar um banho.

O sr. Zuckerman sentou-se, sem forças, e comeu uma rosquinha enquanto a esposa se dirigia até o depósito de lenha. Quando ela voltou, vestia botas de borracha e uma velha capa de chuva e carregava consigo um balde de leitelho e uma pequena pá de madeira.

— Edith, você está fora de si — murmurou Zuckerman.

Mas ela não deu atenção a ele. Juntos, caminharam até o chiqueiro. A sra. Zuckerman não perdeu tempo. Entrou no chiqueiro com Wilbur e começou trabalhar. Mergulhando a pá no leitelho, ela esfregou todo o corpo dele. Os gansos se reuniram para ver a diversão, assim como as ovelhas

e os cordeiros. Até Templeton colocou a cabeça para fora com cautela, para ver Wilbur tomar um banho de leitelho. Charlotte ficou tão interessada que se abaixou em uma linha de reboque para poder ver melhor. Wilbur ficou parado e fechou os olhos. Ele podia sentir o leitelho escorrendo pelas laterais do corpo. Abriu a boca e experimentou um pouco do leitelho. Estava delicioso. Ele se sentiu radiante e feliz. Quando a sra. Zuckerman terminou e o esfregou até secar, ele tinha se tornado o porco mais limpo e bonito que já se viu.

Ele estava todo branco, rosadinho ao redor das orelhas e do focinho, e macio como seda.

Os Zuckerman então voltaram até a casa, para vestir as melhores roupas. Lurvy foi fazer a barba e vestiu a camisa xadrez e a gravata roxa. Os animais ficaram sozinhos no celeiro.

Os sete gansinhos desfilaram em volta da mãe.

— Por favor, por favor, por favor, leva a gente para a feira! — implorou um deles.

Então todos os sete começaram a pedir para ir.

— Por favor, por favor, por favor, por favor, por favor, por favor...

Eles fizeram um barulho e tanto.

— Crianças! — irritou-se a gansa. — Vamos ficar qui-qui-quietos em casa. Apenas Wilbur-bur-bur vai para a feira.

E bem neste momento Charlotte interrompeu.

— Eu também vou — disse ela, suavemente. — Eu decidi ir com Wilbur. Ele pode precisar de mim. Não podemos dizer o que vai acontecer nessa tal Feira do Condado. Alguém que saiba escrever precisa ir. E acho melhor que Templeton venha também... talvez eu precise de alguém para fazer algumas coisas e trabalhos gerais.

— Eu vou ficar bem aqui — resmungou o rato. — Eu não tenho o menor interesse em feiras.

— Isso é porque você nunca foi a uma — comentou a velha ovelha. — Uma feira é o paraíso dos ratos. Todo mundo derruba comida na feira. Um rato pode se esgueirar à noite e ter um banquete.

No celeiro dos cavalos você encontrará aveia que os trotadores e os marchadores derramaram. Na grama pisoteada do campo interno, você encontrará marmitas descartadas contendo os restos nojentos de sanduíches de manteiga de amendoim, ovos cozidos, migalhas de biscoito, pedaços de rosquinhas e partículas de queijo. Na terra batida por onde as pessoas caminham, depois que as luzes ofuscantes se apagam e as pessoas vão para casa dormir, você encontrará um verdadeiro tesouro de restos de pipoca, gotas de creme congelado, maças cristalizadas abandonadas por crianças cansadas, pedaços de algodão-doce, amêndoas salgadas, picolés, casquinhas de sorvete parcialmente roídas e palitos de pirulito. Em todos os lugares há pilhagem para um rato; em tendas, em barracas, em celeiros... vou te dizer, uma feira tem restos nojentos de comida suficientes para satisfazer todo um exército de ratos.

Os olhos de Templeton estavam brilhando.

— Isso é verdade? — perguntou ele. — Essa conversinha apetitosa é verdadeira? Eu gosto de viver bem, e o que você está dizendo é muito sedutor.

— É verdade — disse a velha ovelha. — Vá para a feira, Templeton. Você descobrirá que as condições de uma feira superarão seus sonhos mais incríveis. Baldes com purê azedo grudado, latas com restos de atum, sacos de papel gordurosos recheados com...

— Chega! — gritou Templeton. — Não diga mais nada. Eu vou.

— Ótimo — disse Charlotte, piscando para a velha ovelha. — Então... não há tempo a perder; Wilbur em breve será colocado no caixote. Templeton e eu precisamos entrar nele agora e nos escondermos.

O rato não perdeu um minuto: correu até o caixote, rastejou entre as ripas e puxou a palha sobre si para ficar escondido de vista.

— Certo — disse Charlotte —, agora é minha vez.

Ela voou no ar, soltou uma linha de arrasto e caiu suavemente no chão. Então escalou a lateral do caixote e se escondeu dentro de um buraco no topo da tábua.

A velha ovelha balançou a cabeça.

— Que carregamento! — disse ela. — Aquela placa deveria dizer: "O famoso porco de Zuckerman e dois penetras".

— Cuidado, as pessoas estão chegando-gando-gando! — gritou o ganso. — Se escondam, se escondam, se escondam!

O grande caminhão com o sr. Arable ao volante recuou lentamente em direção ao curral. Lurvy e o sr. Zuckerman caminharam ao lado. Fern e Avery estavam de pé na carroceria do caminhão, se segurando nos aparadores.

— Escutem — sussurrou a velha ovelha para Wilbur. —, quando eles abrirem a caixa e tentarem te colocar lá dentro, lute! Não vá sem briga. Os porcos sempre resistem quando estão sendo carregados.

— Se eu lutar, vou ficar sujo — disse Wilbur.

— Não ligue para isso... faça o que estou dizendo! Lute! Se você entrar em um caixote sem brigar, Zuckerman pode pensar que você foi enfeitiçado. Ele ficaria com medo de ir à feira.

Templeton colocou a cabeça para fora da palha.

— Lute se for preciso — disse ele —, mas, por gentileza, lembre-se de que estou me escondendo aqui neste caixote e eu não quero ser pisado, ou chutado no rosto, ou esmurrado, ou esmagado de qualquer forma, ou socado, ou esbofeteado, ou machucado, ou dilacerado, ou marcado, ou esfaqueado. Fique atento ao que vai fazer, sr. Radiante, quando eles começarem a te empurrar para dentro!

— Fique quieto, Templeton! — disse a ovelha. — Esconda a cabeça... eles estão vindo. Pareça radiante, Wilbur! Esconda-se, Charlotte! Comece a falar, gansa!

A caminhonete recuou lentamente até o chiqueiro e parou. O sr. Arable desligou o motor, saiu, caminhou até a traseira e baixou a porta. Os gansos comemoraram. A sra. Arable saiu do caminhão. Fern e Avery pularam no chão. A sra. Zuckerman desceu da casa. Todos se alinharam na cerca e ficaram por um momento admirando Wilbur e o lindo caixote verde. Ninguém percebeu que o caixote já continha um rato e uma aranha.

— Belo porco! — disse a sra. Arable.

— Ele é incrível — disse Lurvy.

— Ele está muito radiante — disse Fern, se lembrando do dia em que ele nasceu.

— Bom — disse a sra. Zuckerman —, pelo menos ele está limpo. O leitelho com certeza ajudou.

O sr. Arable estudou Wilbur cuidadosamente.

— Sim, ele é um porco maravilhoso — disse ele. — É difícil acreditar que era o menor da ninhada. Você vai tirar presunto e bacon de qualidade, Homer, quando chegar a hora de matar *esse* porco.

Wilbur ouviu essas palavras e o coração dele quase parou.

— Acho que vou desmaiar — sussurrou ele para a velha ovelha, que estava assistindo.

— Tente ficar de joelhos! — sussurrou a velha ovelha. — Deixe o sangue subir para a cabeça!

Wilbur afundou os joelhos, todo brilho sumindo. Os olhos fechados.

— Olha! — gritou Fern. — Ele está desmaiando!

— Ei, olhem para mim! — gritou Avery, entrando de quatro no caixote. — Eu sou um porco! Eu sou um porco!

O pé de Avey tocou em Templeton debaixo da palha.

Que bagunça!, pensou o rato. *Que criaturas fantásticas os meninos são! Como foi que eu me meti nisso?*

Os gansos viram Avery no caixote e se agitaram.

— Avery, saia já daí neste instante! — ordenou a mãe. — O que você acha que é?

— Eu sou um porco! — gritou Avery jogando tufos de palha para o alto. — Oinque, oinque, oinque!

— A caminhonete está andando, papa — disse Fern.

O veículo, sem ninguém ao volante, tinha começado a descer morro abaixo. O sr. Arable correu para o assento do motorista e puxou o freio de mão. O veículo parou. Os gansos comemoraram. Charlotte se agachou e se encolheu o máximo possível no buraco, para que Avery não a visse.

— Saia de uma vez! — gritou a sra. Arable.

Avery rastejou para fora do caixote de quatro, apoiando as mãos e os joelhos, fazendo caretas para Wilbur. Wilbur desmaiou.

— O porco desmaiou — disse a sra. Zuckerman. — Joguem água nele!

— Joguem leitelho! — sugeriu Avery.

Os gansos comemoraram.

Lurvy correu para pegar um balde de água. Fern subiu no cercado e se ajoelhou ao lado de Wilbur.

— É uma insolação — disse Zuckerman. — O calor é demais para ele.

— Talvez ele esteja morto — disse Avery.

— Saia desse chiqueiro *imediatamente*! — gritou a sra. Arable.

Avery obedeceu à mãe e subiu na traseira da caminhonete para ver melhor. Lurvy voltou com água fria e jogou em Wilbur.

— Jogue um pouquinho em mim! — gritou Avery. — Eu também estou com calor.

— Ah, fique quieto! — berrou Fern. — Fique qui-*e*-to!

Os olhos dela brilhavam de tantas lágrimas.

Wilbur, sentindo a água fria, voltou a si. Se levantou lentamente, enquanto os gansos comemoravam.

— Ele acordou! — disse o sr. Arable. — Acho que não há nada de errado com ele.

— Estou com fome — disse Avery. — Eu quero uma maçã do amor.

— Wilbur está bem agora — disse Fern. — Podemos ir. Quero dar uma volta na roda-gigante.

O sr. Zuckerman, o sr. Arable e Lurvy agarraram o porco e o empurraram de cabeça para dentro do caixote. Wilbur começou a lutar. Quanto mais os homens empurravam, mais ele se segurava. Avery saltou e juntou-se aos homens. Wilbur chutou, se debateu e grunhiu.

— Não há nada de errado com *este* porco — disse o sr. Zuckerman alegremente, pressionando o joelho contra o traseiro de Wilbur. — Todos juntos, agora, rapazes! Empurrão!

Com um impulso final, eles o enfiaram no caixote. Os gansos comemoraram. Lurvy pregou algumas tábuas na ponta, para que Wilbur não pudesse fugir. Então, usando toda a força, os homens pegaram o caixote e o colocaram no caminhão. Não sabiam que, debaixo da palha, havia um rato, e que, dentro de um buraco, havia uma grande aranha cinza. Viram apenas um porco.

— Todo mundo para dentro! — chamou o sr. Arable.

Ele ligou o motor. As senhoras subiram ao lado dele. O sr. Zuckerman, Lurvy, Fern e Avery foram na parte de trás, se segurando nos aparadores. O caminhão começou a seguir em frente. Os gansos comemoraram. As crianças responderam à alegria, e todos foram para a feira.

XVII. Tio

Quando chegaram na Feira do Condado, ainda no estacionamento, ouviram a música ao longe e viram a roda-gigante girando no céu. Já foram sentindo o cheiro da poeira da pista de corrida que o carrinho de aspersão havia umedecido e de hambúrgueres fritando. Viram os balões no ar. Ouviram as ovelhas tagarelando nos currais. Uma voz bem alta pelo alto-falante dizia:

— Atenção, por favor! O proprietário de um carro Pontiac, placa número H-2439, por favor, afaste seu carro do galpão de fogos de artifício!

— Me dá um pouco de dinheiro? — perguntou Fern.

— Eu também quero — pediu Avery.

— Eu vou ganhar uma boneca quando girar uma roda e ela parar no número certo — disse Fern.

— Vou pilotar um avião a jato e fazer com que ele bata em outro.

— Me dá um balão? — pediu Fern.

— Me dá um sorvete e um cheeseburger e um pouco de refrigerante de framboesa? — pediu Avery.

— Crianças, fiquem quietas até descarregarmos o porco — disse a sra. Arable.

— Vamos deixar as crianças entrarem sozinhas — sugeriu o sr. Arable. — A feira só acontece uma vez por ano.

O sr. Arable deu a Fern duas moedas de 25 centavos e duas moedas de dez centavos. Ele deu a Avery cinco moedas de dez centavos e quatro moedas de cinco centavos.

— Agora corram! — disse ele. — E lembrem-se: o dinheiro tem que durar *o dia todo*. Não gastem tudo nos primeiros minutos. E voltem aqui para o caminhão ao meio-dia para almoçarmos todos juntos. E não comam muita porcaria! Vocês podem passar mal!

— E se vocês forem naqueles balanços — disse a sra. Arable —, segurem com força! Segurem com *muita* força. Ouviram?

— E não se percam! — disse a sra. Zuckerman.

— E não se sujem!

— Não peguem uma insolação! — disse a mãe deles.

— Cuidado com batedores de carteiras! — alertou o pai.

— E não cruzem a pista de corrida quando os cavalos estiverem vindo! — gritou a sra. Zuckerman.

As crianças agarraram-se uma à outra pela mão e dançaram na direção do carrossel, rumo à música maravilhosa, à aventura maravilhosa e à emoção maravilhosa, para o meio do caminho maravilhoso, onde não haveria pais para protegê-los e guiá-los, onde poderiam ser felizes e livres e fazer o que bem entendessem. A sra. Arable ficou parada, observando as crianças indo para a feira. Então ela suspirou. Então assoou o nariz.

— Você acha mesmo que está tudo bem? — perguntou.

— Bom, eles precisam crescer em algum momento — disse o sr. Arable. — E uma feira é um bom lugar para se começar, eu acho.

Enquanto Wilbur estava sendo descarregado, retirado da caixa e acomodado no novo chiqueiro, multidões se reuniram para assistir. Olharam para a placa "O famoso porco de Zuckerman". Wilbur olhou de volta e tentou parecer muito bom. Estava satisfeito com a nova casa. O curral era gramado e protegido do sol por um telhado inclinado.

Charlotte, assim que teve oportunidade, saiu do caixote e escalou um poste na parte de baixo do telhado. Ninguém a notou.

Templeton não queria sair em plena luz do dia, então ficou quieto sob a palha no fundo do caixote. O sr. Zuckerman colocou um pouco de leite desnatado no cocho de Wilbur, jogou palha limpa no curral, e então ele, a sra. Zuckerman e os Arable se afastaram em direção ao celeiro de gado para olhar as vacas de raça pura e dar uma circulada na feira. O sr. Zuckerman, particularmente, queria olhar tratores. A sra. Zuckerman queria ver um congelador. Lurvy se afastou sozinho, esperando encontrar amigos e se divertir um pouco.

Assim que as pessoas se afastaram, Charlotte falou com Wilbur.

— Ainda bem que você não está vendo o que *eu* estou vendo — disse ela.

— O que você está vendo? — perguntou Wilbur.

— Tem um porco no chiqueiro ao lado e ele é enorme. Temo que ele seja muito maior do que você.

— Talvez ele seja mais velho do que eu e teve mais tempo para crescer — sugeriu Wilbur.

Lágrimas começaram a escorrer pelos olhos dele.

— Vou descer e dar uma olhada mais de perto — disse Charlotte.

Então ela se arrastou ao longo de uma viga até estar diretamente em cima do cercado vizinho. Desceu em uma corda de reboque até ficar suspensa no ar bem na frente do focinho do grande porco.

— Posso saber o seu nome? — perguntou com muita educação.

O porco a encarou.

— Não tenho nome — disse ele com uma voz grande e calorosa. — Pode me chamar de Tio.

— Muito bem, Tio — respondeu Charlotte. — Qual é a data do seu nascimento? Você é um porco de primavera?

— Claro que sou um porco de primavera — respondeu Tio. — O que você achou que eu fosse, uma galinha de primavera? Rá-rá-rá... essa foi boa, não é, irmã?

— Medianamente engraçada — disse Charlotte. — Já ouvi piadas melhores. Foi um prazer te conhecer, e agora eu preciso ir.

Ela subiu lentamente e voltou para o chiqueiro de Wilbur.

— Ele diz que é um porco de primavera — reportou Charlotte —, e talvez seja. Uma coisa é certa, ele tem uma personalidade das menos atraentes. Ele é muito comum, muito barulhento e conta piadas ruins. Além disso, não é nem de longe tão limpo quanto você, nem tão agradável. Senti bastante antipatia por ele em nossa breve entrevista. Vai ser um porco difícil de vencer, Wilbur, por causa do tamanho e peso. Mas com a minha ajuda, isso pode ser feito.

— Quando você irá tecer uma teia? — perguntou Wilbur.

— De tarde, no finalzinho da tarde, se eu não estiver cansada — disse Charlotte. — O menor dos esforços tem me cansado muito. Não tenho mais a mesma energia de antes. Acho que é a idade.

Wilbur olhou para a amiga. Ela estava bem inchada e apática.

— Lamento muito saber que você está se sentindo mal, Charlotte — disse ele. — Talvez você se sinta melhor se tecer uma teia e pegar algumas moscas.

— Talvez — disse ela, cansada. — Mas eu me sinto como se estivesse no fim de um longo dia.

Agarrando-se ao teto de cabeça para baixo, ela se acomodou para tirar uma soneca, deixando Wilbur muito preocupado.

Durante toda a manhã, as pessoas passaram pelo curral de Wilbur. Dezenas e dezenas de estranhos pararam para olhá-lo e admirar a pelagem branca e sedosa, a cauda encaracolada, a expressão amável e radiante. Então eles iam para o próximo cercado onde estava o porco maior. Wilbur ouviu várias pessoas fazendo comentários favoráveis sobre o grande tamanho de Tio. Não teve como deixar de ouvir essas observações nem deixar de se preocupar.

E agora, com Charlotte não se sentindo bem, como vai ser?, pensou. *Oh, céus!*

Durante toda a manhã, Templeton dormiu tranquilamente sob a palha. O dia ficou ferozmente quente. Ao meio-dia, os Zuckerman e os Arable voltaram ao chiqueiro. Então, alguns minutos depois, Fern e Avery apareceram. Fern carregava um macaco de pelúcia nos braços e comia pipoca caramelada. Avery puxava um balão amarrado na orelha e mastigava uma maçã do amor. As crianças estavam com calor e sujas.

— Puxa vida, como está quente — disse a sra. Zuckerman.

— Está *extremamente* quente — disse a sra. Arable, se abanando com um folheto de congelador.

Um a um, subiram no caminhão e abriram as marmitas. O sol batia em tudo. Ninguém parecia com fome.

— Quando os juízes irão tomar uma decisão com relação a Wilbur? — perguntou a sra. Zuckerman.

— Só amanhã — disse o sr. Zuckerman.

Lurvy apareceu, carregando o cobertor indígena que tinha ganhado.

— É disso mesmo que precisamos — disse Avery. — Um cobertor.

— Claro que é — respondeu Lurvy.

E estendeu a manta sobre os aparadores do caminhão, como se fosse uma pequena tenda. As crianças sentaram-se à sombra, debaixo do cobertor, e sentiram-se melhor.

Depois do almoço, eles se espreguiçaram e adormeceram.

XVIII. O frescor da noite

No frescor da noite, quando as sombras escureceram o recinto da feira, Templeton saiu sorrateiramente do caixote e olhou em volta. Wilbur dormia na palha. Charlotte estava construindo uma teia. O olfato aguçado de Templeton detectou muitos cheiros agradáveis no ar. O rato estava com fome e com sede. Ele decidiu sair para explorar. Sem dizer nada a ninguém, ele partiu.

— Traga uma palavra na volta — Charlotte falou assim que ele saiu. — Hoje eu vou escrever pela última vez.

O rato murmurou algo para si mesmo e desapareceu nas sombras. Ele não gostava de ser tratado como se fosse um mensageiro.

Depois do calor do dia, a noite veio como um alívio bem-vindo para todos. A roda-gigante estava iluminada. Ela dava voltas e mais voltas no céu e parecia duas vezes mais alta do que durante o dia. Os corredores estavam iluminados e dava para ouvir o crepitar das máquinas de jogo, a música do carrossel e a voz do homem na barraca do bingo chamando os números.

A soneca tinha revigorado as crianças. Fern encontrou o amigo Henry Fussy e ele a convidou para andar com ele na roda-gigante. Ele até comprou um ingresso para ela, então não custou nada a Fern. Quando a sra. Arable olhou para o céu estrelado e viu a filhinha sentada ao lado de Henry Fussy, subindo cada vez mais alto no ar, e quando viu como Fern parecia feliz, ela apenas balançou a cabeça.

— Ora, ora! — disse ela. — Henry Fussy. Quem diria!

Templeton manteve-se fora de vista. Na grama alta atrás do celeiro de gado, encontrou um jornal dobrado. Dentro dele havia sobras do almoço de alguém: um sanduíche de presunto cozido, um pedaço de queijo suíço, parte de um ovo cozido e o miolo de uma maçã com vermes. O rato rastejou e comeu tudo. Então rasgou uma palavra do papel, enrolou-a e voltou para o chiqueiro de Wilbur.

Charlotte estava com a teia quase terminada quando Templeton voltou, trazendo o recorte de jornal. Ela tinha deixado um espaço no meio da teia. A essa hora não havia ninguém perto do chiqueiro, então o rato, a aranha e o porco estavam sozinhos.

— Espero que tenha conseguido uma boa palavra — disse Charlotte. — É a última palavra que vou escrever na vida.

— Aqui — disse Templeton, desenrolando o papel.

— O que diz? — perguntou Charlotte. — Você vai ter que ler para mim.

— Diz "humilde" — respondeu o rato.

— Humilde? — disse Charlotte. — "Humilde" tem dois significados. Significa "aquele que não tem orgulho" e significa "que manifesta submissão". Wilbur é bem assim. Ele não é orgulhoso e é submisso.

— Bem, espero que esteja satisfeita — zombou o rato. — Eu não vou passar o meu tempo todo pegando coisas e trazendo para você. Eu vim para esta feira para me divertir, e não para trabalhar buscando papéis.

— Você foi de grande ajuda — disse Charlotte. — Ande logo, se quiser ver mais da feira.

O rato sorriu.

— Eu vou me esbaldar essa noite — disse ele. — A velha ovelha estava certa... esta feira é o paraíso de um rato. Quanta comida! E quanta bebida! E em todo canto um bom esconderijo e uma boa caçada. Adeus, adeus, meu humilde Wilbur! Adeus, Charlotte, sua velha conspiradora! Esta será uma noite para ficar na memória de um rato.

Ele sumiu nas sombras.

Charlotte voltou a trabalhar. Estava bem escuro. Ao longe, fogos de artifícios começavam a subir — foguetes espalhavam bolhas de fogo no céu. Quando os Arable, os Zuckerman e Lurvy voltaram da arquibancada, Charlotte já tinha terminado a teia. A palavra "humilde" tinha sido tecida cuidadosamente

no centro. Ninguém percebeu isso na escuridão. Todos estavam cansados e felizes.

Fern e Avery subiram no caminhão e se deitaram. Os adultos os cobriram com o cobertor indígena. Lurvy deu a Wilbur uma garfada de palha fresca. O sr. Arable deu um tapinha nele.

— Estamos indo para casa — disse ele ao porco. — Vejo você amanhã.

Os adultos subiram lentamente no caminhão, e Wilbur ouviu o motor ligar e depois ouviu o caminhão se afastando em baixa velocidade. Ele teria se sentido sozinho e com saudade de casa se Charlotte não estivesse com ele. Ele nunca se sentia sozinho quando ela estava por perto. Ao longe ainda dava para ouvir a música do carrossel.

Quando estava caindo no sono, falou com Charlotte.

— Cante para mim aquela música de novo, sobre o esterco e a escuridão — implorou.

— Esta noite não consigo — disse ela em voz baixa. — Estou muito cansada.

A voz dela não parecia vir da teia.

— Onde você está? — perguntou Wilbur. — Não consigo te ver. Você está na teia?

— Estou aqui atrás — respondeu ela. — Neste canto de trás.

— Por que você não está na teia? — perguntou Wilbur. — Você quase *nunca* sai dela.

— Saí dela esta noite — disse ela.

Wilbur fechou os olhos.

— Charlotte — disse ele, depois de um tempo —, você realmente acha que Zuckerman vai me deixar viver e não me matar quando chegar o frio? Você acha mesmo?

— Claro — disse Charlotte. — Você é um porco famoso e um bom porco. Amanhã você provavelmente ganhará um prêmio. O mundo inteiro vai ouvir falar de você. Zuckerman ficará orgulhoso e feliz por ter um porco assim. Você não tem nada a temer, Wilbur, nada com o que se preocupar. Talvez você viva para sempre… quem sabe? E agora, vá dormir.

Por um tempo, fez-se silêncio. Então Wilbur disse:

— O que você está fazendo aí, Charlotte?

— Só estou fazendo uma coisinha — disse ela. — Fazendo alguma coisa, como sempre.

— É algo para mim? — perguntou Wilbur.

— Não — disse Charlotte. — É algo para *mim*, para variar.

— Por favor, me diga o que é — implorou Wilbur.

— Eu te conto de manhã — disse ela. — Quando a primeira luz surgir no céu e os pardais se mexerem e as vacas sacudirem as correntes, quando o galo cantar e as estrelas desaparecerem, quando os primeiros carros sussurrarem na estrada, olhe para cima e eu te mostrarei uma coisa. Vou te mostrar a minha obra-prima.

Antes que ela terminasse a frase, Wilbur já tinha dormido. Ela poderia dizer, pelo som da respiração dele, que ele dormia pacificamente, no fundo da palha.

A quilômetros de distância, na casa dos Arable, os homens estavam sentados à mesa da cozinha, comendo um prato de pêssegos enlatados e conversando sobre os acontecimentos do dia. No andar de cima, Avery já estava dormindo na cama. A sra. Arable colocava Fern para dormir.

— Você se divertiu na feira? — perguntou enquanto beijava a filha.

Fern assentiu.

— Eu tive o melhor momento que já tive em qualquer lugar ou em qualquer momento de toda a minha vida.

— Que bom! — disse a sra. Arable. — Que bom saber disso!

XIX. O saco de ovos

Na manhã seguinte, quando a primeira luz apareceu no céu e os pardais agitaram-se nas árvores, quando as vacas sacudiram as correntes, o galo cantou e os primeiros automóveis passaram sussurrando pela estrada, Wilbur acordou e procurou por Charlotte. Ele a viu acima da cabeça em um canto perto do fundo do chiqueiro. Ela estava muito quieta. As oito pernas estavam bem abertas. Ela parecia ter encolhido durante a noite. Ao lado dela, preso ao teto, Wilbur viu um curioso objeto. Era uma espécie de saco, ou casulo. Era cor de pêssego e parecia feito de algodão-doce.

— Você está acordada, Charlotte? — disse ele suavemente.

— Sim — veio a resposta.

— O que é aquela coisinha bacana? Você fez isso?

— Sim, sim — respondeu Charlotte com a voz fraca.

— É um brinquedo?

— Brinquedo? Eu diria que não. É o meu saco de ovos, minha *magnum opus*.

— Não sei o que é uma *magnum opus* — disse Wilbur.

— Isso é latim — explicou Charlotte. — Significa "obra-prima". Este saco de ovos é minha obra-prima, a melhor coisa que já fiz.

— O que tem dentro dele? — perguntou Wilbur. — Ovos?

— Quinhentos e catorze — respondeu ela.

— *Quinhentos e catorze?* — disse Wilbur. — Você está brincando.

— Não, não estou. Eu contei todos. Comecei a contar, e então eu continuei, só para manter a cabeça ocupada.

— É um saco de ovos perfeitamente lindo — disse Wilbur, sentindo-se tão feliz como se ele mesmo o tivesse construído.

— Sim, *é* bonito — respondeu Charlotte, batendo no saco com as duas patas dianteiras. — De qualquer forma, posso garantir que é forte. É feito do material mais resistente que tenho. Também é à prova d'água. Dentro dele, os ovos ficarão quentes e secos.

— Charlotte — disse Wilbur, sonhador —, você realmente vai ter 514 filhotes?

— Se nada acontecer, sim — disse ela. — Claro que eles não chegarão até a próxima primavera.

Wilbur notou que a voz de Charlotte parecia triste.

— Por que você parece tão triste? Achei que você estaria muito feliz com este acontecimento.

— Ah, não ligue para mim — disse Charlotte. — Eu só não estou com muito ânimo agora. Acho que estou triste porque não vou ver os meus filhotes.

— Como assim não vai ver seus filhotes? *Claro* que vai. *Todos nós* os veremos. A próxima primavera vai ser simplesmente maravilhosa no porão do celeiro! Teremos 514 aranhas bebês correndo por todos os cantos. E os gansos terão novos filhotes, e as ovelhas terão novos cordeiros...

— Talvez — disse Charlotte, baixinho. — No entanto, tenho a sensação de que não verei os resultados dos esforços da noite passada. Não me sinto nada bem. Acho que estou definhando, para falar a verdade.

Wilbur não entendia a palavra "definhando" e odiava incomodar Charlotte pedindo para que ela explicasse. Mas ele estava tão preocupado que achou que precisava fazer isso.

— O que "definhando" significa?

— Significa que estou ficando mais lenta, sentindo o peso da idade. Não sou mais jovem, Wilbur. Mas eu não quero que você se preocupe comigo. Hoje é seu grande dia. Olhe para a minha teia... ela não fica bonita com o orvalho nela?

A teia de Charlotte nunca pareceu tão bonita quanto naquela manhã. Cada fio continha dezenas de gotas brilhantes de orvalho. A luz do leste a atingia e deixava tudo nítido e claro. Era uma peça perfeita de design e construção. Dali a uma ou duas horas, um fluxo constante de pessoas passaria por ela, admirando a teia, lendo a mensagem, olhando para Wilbur e maravilhando-se com o milagre.

Enquanto Wilbur estudava a teia, um par de bigodes em um rosto pontudo apareceu. Lentamente, Templeton se arrastou pelo chiqueiro e se jogou em um canto.

— Voltei — disse ele com voz rouca. — Que noite!

O rato estava inchado, duas vezes o tamanho normal. O estômago dele estava estufado como se fosse um pote de geleia.

— Que noite! — repetiu ele, com a voz rouca. — Que festa e que farra! Um verdadeiro banquete! Devo ter comido os restos de trinta almoços. Nunca vi tantos restos, e tudo bem

amadurecido e temperado com o passar do tempo e o calor do dia. Ah, foi maravilhoso, meus amigos, maravilhoso!

— Você deveria ter vergonha de si mesmo — disse Charlotte com desgosto. — Seria bom para você se tivesse um ataque agudo de indigestão.

— Não se preocupe com meu estômago — rosnou Templeton. — Ele consegue lidar com qualquer coisa. E, a propósito, tenho más notícias. Ao passar pelo porco da porta ao lado, aquele que se autodenomina Tio, notei uma etiqueta azul na frente do chiqueiro dele. Isso significa que ele ganhou o prêmio. Acho que você está derrotado, Wilbur. Pode relaxar, ninguém vai pendurar medalha alguma em *você*. Além disso, eu não ficaria surpreso se Zuckerman mudasse de ideia com relação a você. Espere só até que ele fique com vontade de comer carne fresca de porco, presunto defumado e bacon crocante! Ele vai passar a faca em você, meu garoto.

— Fique quieto, Templeton! — disse Charlotte. — Você está empanturrado e inchado demais para saber o que está falando. Não preste atenção nele, Wilbur.

Wilbur tentou não pensar naquilo que o rato tinha acabado de dizer. Decidiu mudar de assunto.

— Templeton — disse Wilbur —, se você não estivesse tão lerdo, teria notado que Charlotte fez um saco de ovos. Ela vai ser mamãe. Para sua informação, há 514 ovos naquele saquinho cor de pêssego.

— Isso é verdade? — perguntou o rato, olhando o saco de forma suspeita.

— Sim, é verdade — suspirou Charlotte.

— Parabéns! — murmurou Templeton. — Esta *foi* uma noite e tanto!

Ele fechou os olhos, cobriu-se com um pouco de palha e caiu em sono profundo. Wilbur e Charlotte ficaram felizes em se livrar dele por um tempo.

Às nove horas, o caminhão do sr. Arable entrou no recinto da feira e parou no curral de Wilbur. Todos desceram do carro.

— Olhe! — gritou Fern. — Olhem para a teia de Charlotte! Veja o que ela diz!

Os adultos e as crianças juntaram as mãos e ficaram lá parados, estudando o novo sinal.

— Humilde — disse o sr. Zuckerman. — Ora, se não é essa a palavra para descrever Wilbur.

Todos se alegraram ao descobrir que o milagre da teia havia se repetido. Wilbur olhou amorosamente para os rostos deles. Ele parecia muito humilde e muito grato. Fern piscou para Charlotte. Lurvy logo se ocupou. Despejou um balde de restos quentes no cocho e, enquanto Wilbur comia o café da manhã, Lurvy o coçou com delicadeza com uma vara lisa.

— Espere um minuto — gritou Avery. — Olhe só para isso! — Ele apontou para a faixa azul no chiqueiro de Tio. — Este porco já ganhou o primeiro lugar.

Os Zuckerman e os Arable olharam para a etiqueta. A sra. Zuckerman começou a chorar. Ninguém disse uma só palavra.

Eles apenas ficaram olhando para a etiqueta. Então olharam para o Tio. Então olharam para a etiqueta novamente. Lurvy pegou um lenço enorme e assoou o nariz bem alto — tão alto, na verdade, que o barulho foi ouvido pelos cavalariços do estábulo.

— Me dá um pouco de dinheiro? — pediu Fern. — Quero passear.

— Fique onde está! — disse a mãe.

Lágrimas vieram aos olhos de Fern.

— Por que estão todos chorando? — perguntou o sr. Zuckerman. — Vamos agir! Edith, traga o leitelho!

A sra. Zuckerman enxugou os olhos com o lenço. Foi até o caminhão e voltou com um galão de leitelho.

— Hora do banho! — disse Zuckerman, alegre.

Ele, a sra. Zuckerman e Avery entraram no chiqueiro de Wilbur. Avery lentamente despejou leitelho na cabeça e nas costas de Wilbur e, enquanto ele escorria pelas laterais e bochechas do porco, o sr. e a sra. Zuckerman esfregaram o pelo e a pele. Os transeuntes paravam para assistir. Logo uma multidão se reuniu. Wilbur cresceu lindamente branco e liso. O sol da manhã brilhava através das orelhas rosadas.

— Ele não é tão grande quanto o porco do outro lado — comentou um espectador —, mas é mais limpo. É disso que eu gosto.

— Eu também — disse outro homem.

— Ele é humilde também — disse uma mulher, lendo a palavra na teia.

Todos que visitavam o chiqueiro tinham alguma coisa boa a dizer sobre Wilbur. Todos admiravam a teia. Claro que ninguém notou Charlotte.

De repente, uma voz foi ouvida no alto-falante.

— Atenção, por favor! — dizia. — Atenção, sr. Homer Zuckerman! Pode trazer seu famoso porco para a cabine dos jurados em frente à arquibancada? Um prêmio especial será entregue por lá em vinte minutos. Todos estão convidados a comparecer. Coloque seu porco na caixa, por favor, sr. Zuckerman, e apresente-se imediatamente na cabine dos jurados!

Por um momento após esse anúncio, os Arable e os Zuckerman não conseguiram falar ou se mover. Então Avery pegou um punhado de palha e jogou para o alto e deu um grito. A palha caiu como confete no cabelo de Fern. O sr. Zuckerman abraçou a sra. Zuckerman. O sr. Arable beijou a sra. Arable. Avery beijou Wilbur. Lurvy apertou a mão de todos. Fern abraçou a mãe. Avery abraçou Fern. A sra. Arable abraçou a sra. Zuckerman.

Lá em cima, nas sombras do teto, Charlotte se agachou sem ser vista, as patas dianteiras envolvendo o saco de ovos. Seu coração não batia tão forte como de costume e ela se sentia cansada e velha, mas finalmente tinha certeza de que havia salvado a vida de Wilbur e se sentia em paz e contente.

— Não temos tempo a perder! — gritou o sr. Zuckerman. — Lurvy, ajude com o caixote!

— Me dá um pouco de dinheiro? — pediu Fern.

— *Espere!* — disse a sra. Arable. — Não está vendo que estão todos ocupados?

— Coloque o latão vazio de leitelho na caminhonete! — ordenou o sr. Arable.

Avery pegou o latão e correu até a caminhonete.

— O meu cabelo está ajeitado? — perguntou a sra. Zuckerman.

— Está ótimo — respondeu o sr. Zuckerman, enquanto ele e Lurvy colocavam o caixote na frente de Wilbur.

— Você nem *olhou* para o meu cabelo! — disse a sra. Zuckerman.

— Você está linda, Edith — disse a sra. Arable. — Acalme-se.

Templeton, dormindo na palha, ouviu a comoção e acordou. Ele não sabia exatamente o que estava acontecendo, mas quando viu os homens empurrando Wilbur para dentro do caixote, decidiu ir junto. Ele esperou por uma chance e, quando ninguém estava olhando, se esgueirou para dentro do caixote e se enterrou na palha no fundo.

— Tudo pronto, rapazes! — gritou o sr. Zuckerman. — Vamos!

Ele, o sr. Arable, Lurvy e Avery agarraram o caixote e o empurraram para fora do cercado e para dentro do caminhão. Fern pulou a bordo e sentou-se em cima da caixa. Ela ainda tinha palha no cabelo e estava muito bonita e animada. O sr. Arable ligou o motor. Todos entraram e foram para a cabine do juiz, em frente à arquibancada.

Ao passarem pela roda-gigante, Fern olhou para ela e desejou estar lá no alto com Henry Fussy ao lado.

XX. Triunfo

— Um anúncio especial! — disse o alto-falante com uma voz pomposa. — A direção da feira tem o grande prazer de apresentar o sr. Homer L. Zuckerman e seu famoso porco. A caminhonete que transporta esse animal extraordinário está se aproximando do campo interno. Por favor, afastem-se e deem espaço para que o veículo prossiga! Em alguns instantes o porco será descarregado no estande de avaliação em frente à arquibancada, onde será feita uma premiação especial. Por favor, pessoal, abram caminho e deixem a caminhonete passar. Obrigado.

Wilbur tremeu ao ouvir esse anúncio. Ele se sentia feliz, mas tonto. O caminhão se movimentava lentamente em baixa velocidade. Multidões de pessoas o cercaram, e o sr. Arable teve que dirigir com muito cuidado para não atropelar ninguém. Por fim, conseguiram chegar ao estande dos juízes. Avery saltou e baixou a porta traseira.

— Estou com muito medo — sussurrou a sra. Zuckerman. — Centenas de pessoas olhando para nós.

— Anime-se — respondeu a sra. Arable —, isso é divertido.

— Descarregue o porco, por favor! — disse o alto-falante.

— Todos juntos agora, pessoal — disse o sr. Zuckerman.

Vários homens emergiram da multidão para ajudar a levantar o caixote. Avery foi o mais esforçado dos ajudantes.

— Coloque a camisa para dentro, Avery! — gritou a sra. Zuckerman. — E aperte o cinto. Suas calças estão caindo.

— Não está vendo que estou ocupado? — respondeu Avery com desgosto.

— Olhem! — gritou Fern, apontando. — Henry está ali!

— Não grite, Fern! — disse a mãe. — E não aponte!

— Você pode *por favor* me dar um pouquinho de dinheiro? — pediu Fern. — Henry me convidou para ir na roda-gigante de novo, só que eu acho que ele não tem mais dinheiro algum. O dinheiro dele acabou.

A sra. Arable abriu a bolsa.

— Toma — disse ela. — Aqui tem quarenta centavos. Não vá se perder! E volte logo para o nosso local de encontro perto do chiqueiro.

Fern saiu correndo, se abaixando e esquivando pela multidão, em busca de Henry.

— O porco de Zuckerman está saindo do caixote — trovejou a voz do alto-falante. — Aguardem um anúncio!

Templeton se agachou sob a palha nos fundos do caixote.

— Quanta besteira! — murmurou o rato. — Tanto barulho por nada!

Acima do chiqueiro, silenciosa e sozinha, Charlotte descansava. As duas pernas dianteiras abraçavam o saco de ovos. Charlotte conseguia ouvir tudo que era dito no alto-falante.

Aquelas palavras davam coragem a ela. Aquele era o momento de triunfo dela.

Quando Wilbur saiu do caixote, a multidão vibrou e aplaudiu. O sr. Zuckerman tirou o boné e fez uma reverência. Lurvy tirou um lenço grande do bolso e enxugou o suor da nuca. Avery ajoelhou-se na terra ao lado de Wilbur, acariciando-o com vontade e se exibindo. A sra. Zuckerman e a sra. Arable ficaram no estribo do caminhão.

— Senhoras e senhores — disse o alto-falante —, agora apresentamos o distinto porco do sr. Homer L. Zuckerman. A fama deste animal único se espalhou até os confins do mundo, atraindo muitos turistas valiosos ao nosso grande estado. Muitos de vocês se lembrarão daquele dia inesquecível no verão passado, quando a escrita apareceu misteriosamente na teia de aranha no celeiro do sr. Zuckerman, chamando a atenção de todos para o fato de que este porco era completamente fora do comum. Este milagre nunca foi totalmente explicado, embora homens eruditos tenham visitado o chiqueiro de Zuckerman para estudar e observar o fenômeno. Em última análise, simplesmente sabemos que estamos lidando com forças sobrenaturais aqui, e todos devemos nos sentir orgulhosos e gratos. Nas palavras da teia de aranha, senhoras e senhores, é um belo porco.

Wilbur enrubesceu. Ficou perfeitamente parado e tentou parecer o melhor possível.

— Este animal magnífico — continuou o alto-falante — é absurdamente incrível. Olhem só para ele, senhoras e senhores!

Notem a maciez e a brancura da pele, observem o pelo sem manchas, o brilho rosado e saudável das orelhas e do focinho.

— É o leitelho — sussurrou a sra. Arable para a sra. Zuckerman.

— Observem o brilho geral deste animal! Então lembrem-se do dia em que a palavra "radiante" apareceu claramente na teia. De onde veio essa escrita misteriosa? Não da aranha, podemos ter certeza disso. As aranhas são muito inteligentes em tecer suas teias, mas nem é preciso dizer que elas não sabem escrever.

— Ah, não sabem mesmo, não é? — murmurou Charlotte para si mesma.

— Senhoras e senhores — continuou o alto-falante —, não devo tomar mais de seu precioso tempo. Em nome dos organizadores da feira, tenho a honra de conceder um prêmio especial de 25 dólares ao sr. Zuckerman, juntamente com uma bela medalha de bronze devidamente gravada, em sinal de nosso apreço pelo papel desempenhado por este porco… este porco radiante, incrível e humilde, que atraiu tantos visitantes para nossa grande Feira do Condado.

Durante o longo e elogioso discurso, Wilbur foi se sentindo cada vez mais tonto. Quando ouviu a multidão começar a gritar e bater palmas novamente, ele desmaiou de repente. As pernas cederam, a mente ficou em branco e ele caiu no chão, inconsciente.

— Alguma coisa errada? — perguntou o alto-falante. — O que está acontecendo, Zuckerman? Qual é o problema com seu porco?

Avery estava ajoelhado perto da cabeça de Wilbur, acariciando-o. O sr. Zuckerman estava dançando, abanando-o com o boné.

— Ele está bem — exclamou o sr. Zuckerman. — Ele tem dessas. Ele é humilde e não aguenta tantos elogios.

— Bem, não podemos dar um prêmio a um porco *morto* — disse o alto-falante. — Nunca aconteceu antes.

— Ele não está morto — berrou Zuckerman. — Só desmaiou. Ele fica envergonhado muito fácil. Corra e traga um pouco de água, Lurvy!

Lurvy saiu correndo do estande dos juízes e sumiu.

Templeton enfiou a cabeça para fora da palha. Notou que a ponta da cauda de Wilbur estava ao alcance. Templeton sorriu.

— Vou dar um jeito nisso — riu.

Pegou o rabo de Wilbur com a boca e o mordeu o mais forte que pôde. A dor reviveu Wilbur. Em um piscar de olhos, o porco estava de pé novamente.

— Ai! — berrou.

— Urra! — gritou a multidão. — Ele acordou! O porco está de pé! Boa, Zuckerman! Belo porco!

Todos estavam felizes. O sr. Zuckerman era o mais contente de todos. Ele suspirou aliviado. Ninguém tinha visto Templeton. O rato tinha feito um bom trabalho.

Um dos juízes subiu ao ringue com os prêmios. Ele entregou ao sr. Zuckerman duas notas de dez dólares e uma nota de cinco. Depois amarrou a medalha no pescoço de Wilbur, e enquanto Wilbur corava, apertou a mão do Sr. Zuckerman.

Avery estendeu a mão, e o juiz apertou a mão dele também. A multidão aplaudiu. Um fotógrafo tirou a foto de Wilbur.

Um grande sentimento de felicidade tomou conta dos Zuckerman e dos Arable. Este foi o momento mais importante da vida do sr. Zuckerman. É profundamente gratificante ganhar um prêmio na frente de muitas pessoas.

Enquanto Wilbur estava sendo empurrado de volta para o caixote, Lurvy veio correndo pela multidão carregando um balde d'água. Seus olhos tinham um jeito selvagem. Sem hesitar um segundo, ele jogou a água em Wilbur. Na empolgação, errou o alvo e a água espirrou toda no sr. Zuckerman e Avery. Eles ficaram encharcados.

— Pelo amor de Deus! — berrou o sr. Zuckerman, que estava realmente molhado. — Qual é seu problema, Lurvy? Não está vendo que o porco está bem?

— Você pediu água — disse Lurvy humildemente.

— Eu não pedi um banho — disse o sr. Zuckerman.

A multidão explodiu em risada. Por fim, o sr. Zuckerman também riu. Claro que Avery adorou se ver tão molhado e imediatamente começou a agir feito um palhaço. Ele fingiu que estava tomando um banho de chuveiro; fez caretas, dançou ao redor e esfregou um sabão imaginário debaixo das axilas. Então ele se secou com uma toalha imaginária.

— Avery, pare com isso! — gritou a mãe. — Pare de se exibir.

Mas o povo adorou. Avery não escutou nada além dos aplausos. Gostava de ser palhaço no picadeiro, com todo mundo olhando, na frente de uma arquibancada. Quando descobriu que ainda restava um pouco de água no fundo do balde, ergueu-o no ar e despejou a água em si mesmo e fez caretas. As crianças na arquibancada gritaram com gosto.

Por fim as coisas se acalmaram. Wilbur foi colocado na caminhonete. Avery foi retirado do ringue pela mãe e colocado no banco do veículo para se secar. O sr. Arable dirigiu bem devagar de volta ao chiqueiro. As calças molhadas de Avery formavam uma grande mancha molhada no assento.

XXI. Último dia

Charlotte e Wilbur estavam sozinhos. As famílias tinham saído para procurar Fern. Templeton estava dormindo. Wilbur descansava depois de toda a animação e caos da cerimônia. A medalha dele ainda pendurada no pescoço; se olhasse pelo canto do olho, ele conseguia vê-la.

— Charlotte, — disse Wilbur depois de um tempinho — por que você está tão quieta?

— Eu gosto de ficar quieta — disse ela. — Eu sempre fui quieta.

— Sim, mas você parece mais quieta do que o normal. Você está se sentindo bem?

— Um pouco cansada, talvez. Mas me sinto em paz. Seu sucesso esta manhã foi, até certo ponto, *meu* sucesso. Seu futuro está garantido. Você viverá, bem e seguro, Wilbur. Nada vai te prejudicar agora. Os dias de outono serão mais curtos e frios. As folhas se soltarão das árvores e cairão. O Natal chegará, depois as neves do inverno. Você viverá para apreciar a beleza do mundo congelado, pois você significa muito para Zuckerman e ele nunca fará mal a você. O inverno vai passar, os dias se alongarão, o gelo derreterá no lago do pasto. O pardal voltará e cantará, as rãs acordarão, o vento quente soprará novamente.

Todas essas imagens, sons e cheiros serão seus para desfrutar, Wilbur... este mundo adorável, esses dias preciosos...

Charlotte ficou em silêncio. Uma lágrima escorreu do olho de Wilbur.

— Ah, Charlotte — disse ele. — E pensar que quando te conheci eu pensei que você era cruel e sedenta por sangue!

Quando ele se recuperou da emoção, falou de novo.

— Por que você fez tudo isso por mim? — perguntou ele. — Eu não mereço. Nunca fiz nada por você.

— Você tem sido meu amigo — respondeu Charlotte. — Isso por si só é uma coisa tremenda. Teci minhas teias para você porque gostei de você. Afinal, o que é uma vida? Nascemos, vivemos um pouco, morremos. É impossível a vida de uma aranha não ser um pouco caótica, com toda essa história de aprisionar e devorar moscas. Te ajudar talvez fosse um jeito de melhorar um pouco a minha vida. Deus sabe que a vida de todo mundo precisa de um pouco disso.

— Bom — disse Wilbur —, não sou bom com discursos. Não tenho seu dom para as palavras. Mas você me salvou, Charlotte, e eu daria a minha vida com prazer por você... de verdade.

— Tenho certeza de que sim. E eu te agradeço pelo nobre sentimento.

— Charlotte — disse Wilbur —, vamos todos para casa hoje. A feira está quase acabando. Não será maravilhoso voltar para casa, para o porão do celeiro, com as ovelhas e os gansos? Você não está ansiosa para voltar?

Por um momento, Charlotte não disse nada. Então falou em uma voz tão baixa que Wilbur mal podia ouvir as palavras.

— Não vou voltar para o celeiro — disse ela.

Wilbur saltou de pé.

— Não vai voltar? — gritou ele. — Do que você está falando, Charlotte?

— Meu fim está chegando — respondeu ela. — Em um dia ou dois estarei morta. Eu mal tenho força para descer e entrar no caixote. Duvido que eu tenha teia o bastante nas minhas fiandeiras para descer até o chão.

Ao ouvir isso, Wilbur se jogou no chão em agonia de dor e tristeza. Grandes soluços sacudiram seu corpo. Ele gritou e grunhiu com desolação.

— Charlotte — gemeu. — Charlotte! Minha verdadeira amiga!

— Vamos, não faça um escândalo — disse a aranha. — Fique quieto, Wilbur. Pare de se debater.

— Mas não consigo *suportar* — berrou Wilbur. — Eu não vou te deixar sozinha aqui para morrer. Se você for ficar, eu também ficarei.

— Não seja ridículo — disse Charlotte. — Você não pode ficar aqui. Zuckerman e Lurvy e John Arable e os outros voltarão daqui a pouco, e vão te enfiar naquele caixote e você irá embora. Além disso, não faria sentido você ficar aqui. Não teria ninguém para te alimentar. A feira em breve estará vazia e deserta.

Wilbur entrou em pânico. Correu ao redor do cercado. De repente, teve uma ideia — pensou no saco de ovos e nas 514 pequenas aranhas que eclodiriam na primavera. Se a própria Charlotte não podia ir para casa no celeiro, pelo menos ele deveria levar os filhotes dela com ele.

Wilbur correu para a frente do chiqueiro. Colocou as patas dianteiras na tábua superior e olhou ao redor. A distância, viu os Arable e os Zuckerman se aproximando. Sabia que precisaria agir rapidamente.

— Onde está Templeton? — quis saber.

— Naquele canto, debaixo da palha, dormindo — disse Charlotte.

Wilbur correu até lá, empurrou o focinho forte debaixo do rato e o jogou no ar.

— Templeton! — gritou Wilbur. — Preste atenção.

O rato, desperto em surpresa de um sono profundo, pareceu chocado e depois enojado.

— Que estripulia é essa? — rosnou. — Será que um rato não pode fechar os olhos sem ser rudemente jogado no ar?

— Me escute! — gritou Wilbur. — Charlotte está muito doente. Ela tem pouco tempo de vida. Por causa disso, ela não vai poder nos acompanhar até em casa. É absolutamente necessário que eu leve o saco de ovos comigo. Não consigo alcançá-lo e não consigo escalar. Você é o único que pode fazer isso. Não há um segundo a perder. As pessoas estão chegando… estarão aqui daqui a pouco. Por favor, por favor, *por favor*, Templeton, suba e pegue o saco de ovos.

O rato bocejou. Endireitou os bigodes. Então olhou para o saco de ovos.

— Ora! — disse ele, enojado. — Então é o velho Templeton que vai salvar o dia mais uma vez, não é? Templeton faça isso, Templeton faça aquilo, Templeton, por favor, corra até o lixão e traga um recorte de revista, Templeton, me empreste um pedaço de barbante para que eu possa tecer uma teia.

— Corra! — disse Wilbur. — Depressa, Templeton!

Mas o rato não tinha pressa alguma. Ele começou a imitar a voz de Wilbur.

— E agora é "depressa, Templeton", não é? — disse ele. — Ora, ora. E quais são os agradecimentos que recebo por tudo isso, posso saber? Ninguém nunca tem uma palavra gentil para o velho Templeton, apenas abuso e piadas e comentários atrevidos. Nunca uma gentileza ao rato.

— Templeton! — pediu Wilbur, desesperado. — Se você não parar de falar e não se apressar, tudo estará perdido, meu coração ficará partido e eu vou morrer de tristeza! Por favor, pegue o saco de ovos!

Templeton voltou a se deitar na palha. Preguiçosamente, colocou as patas dianteiras atrás da cabeça e cruzou os joelhos em uma atitude de completo relaxamento.

— Ai, ai, vai morrer de tristeza — arremedou. — Tadinho dele! Ora, ora! Você sempre me procura quando está com problemas. Mas nunca ouvi falar do coração de ninguém se partindo por *minha* causa. Aí, não. Quem se importa com o velho Templeton?

— Levante! — gritou Wilbur. — Pare de agir como uma criança mimada!

Templeton sorriu e ficou imóvel.

— Quem fez milhares de viagens até o lixão? — perguntou.

— Ora, o velho Templeton! Quem salvou a vida de Charlotte assustando aquele menino Arable porque guardou um ovo de ganso podre? Creio que foi o velho Templeton, bendita seja a minha alma. Quem mordeu seu rabo e te colocou de pé esta manhã depois de desmaiar na frente da multidão? O velho Templeton. Já lhe ocorreu que estou farto de levar recados e fazer favores? O que você acha que eu sou, afinal, um rato que é pau para toda obra?

Wilbur estava desesperado. As pessoas estavam vindo. E o rato o estava deixando na mão. De repente, lembrou-se do gosto de Templeton por comida.

— Templeton — disse —, farei uma promessa solene. Traga o saco de ovos de Charlotte para mim e, de agora em diante, deixarei você comer primeiro, quando Lurvy me trouxer comida. Vou deixar que você escolha de tudo no cocho e não vou tocar em nada até que você termine.

O rato se sentou.

— Você está falando sério?

— Prometo. Juro de coração.

— Tudo bem, temos um acordo — disse o rato.

Ele caminhou até a parede e começou a escalar. O estômago dele ainda estava inchado por causa do banquete da noite anterior. Gemendo e reclamando, ele se ergueu lentamente

até o teto. Rastejou até chegar no saco de ovos. Charlotte se afastou para dar espaço a ele. Ela estava morrendo, mas ainda tinha forças para se mover um pouco. Então, Templeton mostrou os dentes longos e feios e começou a cortar os fios que prendiam o saco ao teto. Wilbur assistia a tudo de lá de baixo.

— Cuidado! — avisou. — Não quero um único ovo estragado.

— *Eche negóchio guda* na boca — reclamou o rato. — É pior do que *doche* de caramelo.

Mas Templeton deu duro e conseguiu libertar o saco e carregá-lo até o chão, onde o jogou na frente de Wilbur. O porco soltou um grande suspiro de alívio.

— Obrigado, Templeton — disse ele. — Eu não vou me esquecer disso enquanto viver.

— Nem eu — disse o rato, palitando os dentes. — Sinto como se tivesse comido um carretel de linha. Bom, vamos para casa!

Templeton rastejou para dentro do caixote e enterrou-se na palha. Saiu de vista bem na hora. Lurvy, John Arable e o sr. Zuckerman apareceram naquele momento, seguidos pela sra. Arable e a sra. Zuckerman e Avery e Fern. Wilbur já tinha decidido como carregaria o saco de ovos — só havia uma maneira possível. Cuidadosamente pegou o saco de ovos com a boca e o segurou bem em cima da língua. Fez assim porque se lembrou do que Charlotte havia dito a ele — que o saco era à prova d'água e resistente. Era uma textura diferente na língua e o fez babar um pouco. E é claro que ele não podia falar nada. Mas, enquanto estava sendo empurrado para dentro do caixote, olhou para Charlotte e piscou. Ela sabia que ele estava se despedindo da única maneira que podia. E sabia que os filhotes estavam seguros.

— Adeus! — sussurrou ela.

Charlotte então juntou todas as forças e acenou com uma das pernas dianteiras para ele.

Ela nunca mais se moveu. No dia seguinte, enquanto a roda-gigante estava sendo desmontada e os cavalos de corrida estavam sendo embarcados em vans e os artistas arrumavam os pertences e iam embora nos trailers, Charlotte morreu. A Feira do Condado logo ficou deserta. Os galpões e edifícios ficaram vazios e abandonados. O campo interno estava cheio de garrafas vazias e lixo. Ninguém, das centenas de pessoas que visitaram a feira, sabia que uma aranha cinzenta tinha desempenhado o papel mais importante de todos. Quando morreu, Charlotte estava sozinha.

XXII. Um vento quente

E assim Wilbur voltou para casa, para a amada pilha de esterco no porão no celeiro. Foi uma estranha volta ao lar. Em volta do pescoço, ele carregava uma medalha de honra; na boca, um saco de ovos de aranha. *Não há lugar como o lar*, pensou Wilbur, enquanto colocava os 514 filhotes ainda não nascidos de Charlotte em um canto seguro. O celeiro cheirava bem. Os amigos, as ovelhas e os gansos, ficaram felizes em vê-lo de volta.

Os gansos deram a ele uma recepção barulhenta.

— Para-para-parabéns! — gritaram. — Bom trabalho.

O sr. Zuckerman tirou a medalha do pescoço de Wilbur e a pendurou acima do chiqueiro, onde os visitantes poderiam examiná-la. O próprio Wilbur podia olhar para ela sempre que quisesse.

Nos dias que se seguiram, ele se sentiu muito feliz e cresceu bastante. Não se preocupava mais em ser morto, pois sabia que o sr. Zuckerman cuidaria dele enquanto vivesse. Wilbur com frequência pensava em Charlotte. Alguns fios da velha teia ainda estavam pendurados na porta. Todos os dias, Wilbur ficava de pé e olhava para a teia rasgada e vazia, e um nó subia à garganta. Ninguém jamais teve uma amiga tão afetuosa, tão leal e tão habilidosa.

Os dias de outono encurtaram, Lurvy empilhou as abóboras do jardim no chão do celeiro, onde não sofreriam nas noites geladas. Os bordos e bétulas ganharam cores vivas; o vento os sacudiu e eles deixaram cair as folhas, uma a uma, no chão. Sob as macieiras silvestres no pasto, as pequenas maçãs vermelhas jaziam no chão, e as ovelhas as roíam e os gansos as roíam e as raposas vinham à noite e as cheiravam. Uma noite, pouco antes do Natal, a neve começou a cair. Cobriu casas, celeiros, campos e bosques. Wilbur nunca tinha visto a neve antes. Quando amanheceu, ele saiu e revolveu os montes de neve em seu quintal, para se divertir. Fern e Avery chegaram, arrastando um trenó. Desceram a estrada e foram para o lago congelado no pasto.

— Esquiar é a coisa mais divertida do mundo — disse Avery.

— A coisa mais divertida do mundo — retorquiu Fern — é quando a roda-gigante para e Henry e eu estamos bem em cima e Henry faz o banco girar e podemos ver tudo a quilômetros e quilômetros e quilômetros.

— Meu Deus, você ainda está pensando naquela velha roda-gigante? — disse Avery com nojo. — A feira foi há semanas.

— Eu penso nela o tempo todo — disse Fern, tirando neve da orelha.

Depois do Natal, o termômetro caiu para dez graus abaixo de zero. O frio se instalou no mundo. O pasto se tornou sombrio e congelado. As vacas ficavam no celeiro o tempo todo, exceto nas manhãs ensolaradas, quando saíam e ficavam no curral, no abrigo da pilha de palha. As ovelhas também ficavam perto do celeiro, para proteção. Quando estavam com sede, comiam neve. Os gansos andavam pelo curral da mesma forma que as crianças se amontoam em uma loja de doces, e o sr. Zuckerman os alimentava com milho e nabos para mantê-los animados.

— Muito, muito, muito obrigado! — diziam, ao ver a comida chegando.

Quando o inverno chegou, Templeton mudou-se para dentro do celeiro. A velha casa sob o cocho era muito fria, então ele arranjou um ninho aconchegante no celeiro atrás dos silos de grãos. Ele o forrou com pedaços de jornais sujos e trapos, e sempre que encontrava uma bugiganga ou uma lembrança, levava para lá. Continuou a visitar Wilbur três vezes ao dia, exatamente na hora das refeições, e Wilbur cumpriu a promessa que havia feito. Wilbur deixava o rato comer primeiro. Só depois que Templeton ficava de bucho cheio, Wilbur comia. Como resultado de comer demais, Templeton ficou maior e mais gordo do que qualquer rato já visto. Ele era enorme. Estava grande feito uma marmota.

A velha ovelha conversou com ele sobre isso.

— Você viveria mais se comesse menos — disse a velha ovelha.

— Quem quer viver para sempre? — zombou o rato. — Eu sou um devorador peso-pesado por natureza e sinto uma satisfação indescritível com os prazeres de um banquete.

Ele deu um tapinha no estômago, sorriu para as ovelhas e subiu as escadas para se deitar.

Durante todo o inverno, Wilbur cuidou do saco de ovos de Charlotte como se estivesse protegendo os próprios filhotes. Ele tinha escavado um lugar especial no estrume para o saco, próximo à cerca de tábuas. Nas noites muito frias, ele se deitava perto para aquecê-lo com o hálito. Para Wilbur, nada na vida era tão importante quanto esse pequeno objeto redondo, nada mais interessava. Esperava pacientemente pelo fim do inverno e a chegada das aranhinhas. A vida é sempre um momento completo e estável quando se espera que algo aconteça ou ecloda. O inverno finalmente terminou.

— Ouvi a cantoria das rãs hoje — disse a velha ovelha certa noite. — Escutem! É possível escutá-la neste momento.

Wilbur ficou parado e ergueu as orelhas. Lá da lagoa, em um coral estridente, vinham as vozes de centenas de sapinhos.

— Tempo de primavera — disse a velha ovelha, pensativa. — Mais uma.

Enquanto ela se afastava, Wilbur viu que uma nova ovelha a seguia. Um animalzinho com apenas algumas horas de vida.

A neve derreteu e sumiu. Os riachos e valas borbulhavam e tagarelavam com água corrente. Um pardal de peito manchado chegou e cantou. A luz se fortaleceu, as manhãs estavam chegando mais cedo. Quase todas as manhãs havia um novo cordeiro no redil. A gansa estava chocando nove ovos. O céu parecia mais largo e soprava um vento quente. Os últimos fios remanescentes da velha teia de Charlotte flutuaram e desapareceram.

Em uma bela manhã ensolarada, depois do café da manhã, Wilbur ficou observando o valioso saco de ovos. Ele não estava pensando em nada. Então notou que algo se movia. Ele se aproximou e olhou. Uma pequena aranha rastejou para fora do saco. Não era maior que um grão de areia, não era maior do que a cabeça de um alfinete. O corpo era cinza com uma faixa preta embaixo. As pernas eram cinzentas e amarronzadas. Se parecia muito com Charlotte.

Wilbur tremeu todo quando a viu. A pequena aranha acenou para ele. Então Wilbur olhou mais de perto. Mais duas pequenas aranhas rastejaram e acenaram. Elas subiram e circularam no saco, explorando o novo mundo. Em seguida, mais três pequenas aranhas. Então oito. Então dez. Os filhotes de Charlotte finalmente estavam chegando.

O coração de Wilbur disparou. Ele começou a gritar. Então correu em círculos, chutando esterco no ar. Então deu um salto para trás. Então se sustentou nas patas dianteiras e parou na frente dos filhotes de Charlotte.

— Olá, vocês! — disse ele.

A primeira aranha disse olá, mas a voz dela era tão baixinha que Wilbur não conseguia ouvir.

— Eu sou um velho amigo de sua mãe — disse Wilbur. — Estou muito feliz de ver vocês. Vocês estão bem? Está tudo bem?

As pequenas aranhas agitaram as patas dianteiras para ele. Wilbur podia ver pela forma como agiam que elas estavam contentes em vê-lo.

— Tem alguma coisa que eu possa pegar para vocês? Precisam de alguma coisa?

As jovens aranhas apenas acenaram. Por vários dias e várias noites elas fervilharam aqui e ali, para cima e para baixo, por todos os lados e por perto, acenando para Wilbur, arrastando pequenas linhas de reboque atrás delas e explorando o chiqueiro. Havia dezenas e dezenas delas. Wilbur não conseguia contá-las, mas sabia que tinha muitas novas amigas. Elas cresceram muito rapidamente. Logo, cada uma era tão grande quanto um chumbinho. Fizeram pequenas teias perto do saco.

Então, certo dia, em uma manhã tranquila, o sr. Zucker-man abriu uma porta no lado norte. Uma corrente quente de ar ascendente soprou suavemente pelo porão do celeiro. O ar cheirava a terra úmida, a pinheiros, a doce primavera. As aranhas bebês sentiram a corrente. Uma aranha subiu no topo da cerca. Então fez algo que foi uma grande surpresa para Wilbur. A aranha ficou de cabeça para baixo, apontou as fiandeiras no ar e soltou uma nuvem de seda fina. A seda formou um balão. Enquanto Wilbur observava, a aranha se soltou da cerca e subiu no ar.

— Adeus! — falou, navegando batente afora.

— Espere um minuto! — gritou Wilbur. — Para onde você acha que vai?

Mas a aranha já estava fora de vista. Então outro bebê aranha subiu até o topo da cerca, ficou de ponta cabeça, fez um balão e se lançou para longe. Então outra aranha. E outra. O ar logo estava cheio de balõezinhos, cada balão levando uma aranha.

Wilbur ficou agitado. Os bebês de Charlotte estavam desaparecendo numa velocidade surpreendente.

— Voltem, crianças! — gritava.

— Adeus! — gritavam as aranhinhas. — Adeus, adeus!

Por fim, uma pequena aranha parou e conversou com Wilbur antes de fazer seu balão.

— Estamos saindo daqui na corrente ascendente quente. Este é o nosso momento de partir. Somos aeronautas e vamos sair pelo mundo para fazer nossas próprias teias.

— Mas *onde*? — indagou Wilbur.

— Onde o vento nos levar. Alto, baixo. Perto, longe. Leste, oeste. Norte, sul. Pegamos a brisa, e vamos ao sabor do vento.

— *Todas* vocês irão embora? — perguntou Wilbur. — Não podem ir *todas*. Eu ficaria sozinho, sem nenhuma amiga. A mãe de vocês não iria querer que isso acontecesse, tenho certeza.

O ar agora estava tão cheio de balonistas que o porão do celeiro parecia tomado por uma névoa. Dezenas de balões subiam, circulavam e flutuavam para além da porta, boiando no vento suave. Gritos de "Adeus, adeus, adeus!" chegavam fracamente nos ouvidos de Wilbur. Ele não aguentava mais ver aquilo. Com tristeza, caiu no chão e fechou os olhos. Aquilo para ele era o fim do mundo, ser abandonado pelos filhotes de Charlotte. Wilbur chorou até dormir.

Quando acordou, já era fim de tarde. Olhou para o saco de ovos. Estava vazio. Olhou para cima. Os balonistas tinham ido embora. Então caminhou tristemente até a porta, onde a teia de Charlotte costumava ficar. Estava parado ali, pensando nela, quando ouviu uma vozinha.

— Saudações! — disse. — Estou aqui em cima.

— Eu também — disse outra vozinha.

— Eu também — disse uma terceira voz. — Nós três ficaremos. Gostamos deste lugar e gostamos de *você*.

Wilbur olhou para cima. No topo da porta, três pequenas teias estavam sendo construídas. Em cada teia, trabalhando ativamente, estava uma das filhas de Charlotte.

— Isso significa que vocês decidiram morar aqui no porão do celeiro definitivamente, e que eu vou ter *três* amigas? — perguntou Wilbur.

— Isso — disseram as aranhas.

— Quais são os seus nomes, por favor? — perguntou Wilbur, tremendo de alegria.

— Eu te direi o meu nome — respondeu a primeira araninha — se você me disser por que está tremendo.

— Estou tremendo de alegria — disse Wilbur.

— Então o meu nome é Alegria — disse a primeira aranha.

— Qual era a inicial do meio da minha mãe? — perguntou a segunda aranha.

— A — disse Wilbur.

— Então o meu nome é Aranea — declarou.

— E quanto a mim? — perguntou a terceira aranha. — Você poderia simplesmente escolher um nome bom e sensato para mim, algo não muito longo nem muito sofisticado nem muito estúpido?

Wilbur pensou bastante.

— Nellie? — sugeriu.

— Que legal, gostei bastante desse nome! — disse a terceira aranha. — Você pode me chamar de Nellie.

Ela prendeu delicadamente a linha de orbe ao próximo raio da teia.

O coração de Wilbur transbordava de felicidade. Ele sentiu que deveria fazer um breve discurso para esta ocasião tão importante.

— Alegria! Aranea! Nellie! — começou. — Bem-vindas ao porão do celeiro. Vocês escolheram um batente sagrado para tecerem suas teias. Acho que é justo dizer que eu era devotado à mãe de vocês. Devo a minha própria vida à ela. Ela era brilhante, bonita e foi leal até o fim. Eu vou enaltecer a memória dela para sempre. Para vocês, filhas dela, eu prometo a minha amizade, para todo o sempre.

— Eu prometo a minha — disse Alegria.

— Eu também prometo — disse Aranea.

— E eu também — disse Nellie, que tinha acabado de pegar uma mosquinha.

Foi um dia feliz para Wilbur. E muitos outros dias felizes e tranquilos se seguiram.

Com o passar do tempo, e os meses e anos indo e vindo, ele nunca ficava sem amigos. Fern não ia mais regularmente ao celeiro. Ela estava crescendo e tinha o cuidado de evitar coisas de criança, como se sentar em um banquinho perto de um chiqueiro. Mas os filhotes, netos e bisnetos de Charlotte, ano após ano, iam morando no batente. A cada primavera nasciam novas pequenas aranhas para ocupar o lugar das antigas. A maioria partia em balões. Mas sempre ficavam duas ou três que armavam as teias no batente.

O sr. Zuckerman cuidou muito bem de Wilbur pelo restante dos dias dele, e o porco recebia visitas frequentes de amigos e admiradores, pois ninguém jamais esqueceu o ano do triunfo dele e o milagre da teia. A vida no celeiro era muito boa — noite e dia, inverno e verão, primavera e outono, dias sem graça e dias iluminados. *Era o melhor lugar para se estar*, pensou Wilbur, aquele porão quente e delicioso, com os gansos loquazes, a mudança das estações, o calor do sol, a passagem das andorinhas, a proximidade dos ratos, a mesmice das ovelhas, o amor das aranhas, o cheiro de esterco e a glória de todas as coisas.

Wilbur nunca se esqueceu de Charlotte. Embora tenha amado profundamente os filhotes e netos dela, nenhuma das novas aranhas jamais ocupou o lugar da melhor amiga em seu coração. Ela tinha um lugar especial. Não é sempre que aparece alguém que é uma verdadeira amiga e uma boa escritora. Charlotte era as duas coisas.

Fim

Sobre o autor

E. B. White nasceu em Mount Vernon, Nova York, e formou-se na Universidade Cornell, em 1921. Em 1970 foi agraciado com a medalha Laura Ingalls Wilder por *Stuart Little* e *A teia de Charlotte*, que também recebeu o Newberry Honor Book de 1953. Ele foi elogiado por fazer "uma contribuição substancial e duradoura para a literatura infantil". White, que também escreveu *The Trumpet of the Swan* e mais de dezessete livros de prosa e poesia, foi eleito para a Academia Americana de Artes e Letras em 1973. Durante a vida, muitos jovens leitores lhe perguntaram se as histórias dele eram verdadeiras. Em uma carta escrita a um de seus fãs, ele respondeu: "Não, são contos imaginários… mas a vida real é apenas um tipo de vida — a vida da imaginação também existe".

Sobre os ilustradores

Garth Williams ilustrou cerca de cem livros para crianças, incluindo o amado *Stuart Little*, também de E. B. White; *Bedtime for Frances*, de Russell Hoban; e a série *Little House*, de Laura Ingalls Wilder.

Rosemary Wells, autora e ilustradora de quase oitenta livros, considera Garth Williams um dos verdadeiros gênios da ilustração de livros do século XX e sente que, se tivesse a tecnologia de hoje disponível, ele teria escolhido fazer as ilustrações para *A teia de Charlotte* em cores. Aplicando uma paleta muito simples e condizente com o cenário da história, Rosemary Wells espera que os resultados tenham agradado Garth Williams.

Este livro foi impresso pela Coan, em 2024, para a HarperCollins Brasil. O papel do miolo é pólen natural 80g/m², e o da capa é couchê 150g/m².